D1873753

Über den Autor:
Roman Breindl trägt seit 36 Jahren bevorzugt Cowboystiefel. Wenn er nicht mit seinen Kumpels beim Billardspielen schweigend ein paar Biere zischt, schreibt der gelernte Journalist coole Texte für die Internetseite des einzigen Unternehmens, in dem Tarzan heute arbeiten würde. Breindl lebt in München.

Roman Breindl

Die Tarzan-Strategie

Knaur Taschenbuch Verlag

Besuchen Sie uns im Internet:
www.knaur.de

RESPECT COPYRIGHT
ENCOURAGE CREATIVITY

Originalausgabe Februar 2005
Copyright © 2005 Knaur Taschenbuch.
Ein Unternehmen der Droemerschen Verlagsanstalt
Th. Knaur Nachf. GmbH & Co.KG, München.
Alle Rechte vorbehalten. Das Werk darf – auch teilweise –
nur mit Genehmigung des Verlags wiedergegeben werden.
Koordination & Realisation: Ariadne-Buch, Christine Proske, München
Redaktion: Cornelia Rüping
Umschlaggestaltung: ZERO Werbeagentur, München
Umschlagabbildung: Mauritius
Satz: Ventura Publisher im Verlag
Druck und Bindung: Clausen & Bosse, Leck
Printed in Germany
ISBN 3-426-77785-1

5 4 3 2 1

Inhalt

Vorwort: An alle Tarzans und die, die es werden wollen

Mann-sein-ist-mega-out! Das ist leider eine Tatsache. Seit Jahrzehnten werden männliche Urtugenden oder Wünsche schlecht geredet, verboten und aus der Gesellschaft getilgt. Deshalb beschäftigt uns die Frage »Wer bin ich?« so stark wie nie zuvor. In jedem Jahrzehnt wurde uns ein anderer Männertyp präsentiert, nach dem wir unsere Kompasse ausrichten sollten, den die Frauen akzeptierten, der im Job weiterkam, der einfach der ultimativ angesagte Mann war. Das Ergebnis: Während unsere Vorfahren noch ohne Navigationshilfen aufbrachen, um neue Kontinente zu entdecken, sind wir heutigen Männer vollkommen orientierungslos und finden ohne GPS nicht mal mehr unsere Selbsthilfegruppen.

Männliche Begehrlichkeiten und Wünsche sind mit den Pornos in die Schmuddelecken gedrängt worden, überlagert von Elternzeit-Vätern, strickenden Müslis oder Allesverstehern. Den aktuellen Höhepunkt dieser Entwicklung stellt dieser Beckham-Bengel dar: Er trägt die Unterwäsche seiner Frau! Alle finden das revolutionär und gut und vorbildlich. Früher galten Spitze tragende Männer – vielleicht mit BH und Strapsen, Becki? – schlicht als schwul oder als Transen oder als Was-weiß-ich. Heute heißt das »metro-sexuell«.

Dem Gesetz der Serie folgend können wir Männer davon ausgehen, dass – kaum sind unsere Schränke mit Seidenunterwäsche und Kosmetik aufgefüllt – der nächste Trend kommen wird. Nach dem diskutierfreudigen Müsli-Man, dem gut gelaunten

Landhaus-Gentleman, nach Care-Man und Weich-Keks-Versteher kommt dann vielleicht irgendwann der Space-Man??!?

Das Schlimmste ist, dass diese ganze Medienmaschinerie uns Männer wirklich verunsichert hat: Irgendwo spüren wir noch die hammerharte Kraft des Y-Chromosoms, folgen dürfen wir ihr aber nicht mehr. Schließlich müssen wir uns ja die Wimpern tuschen und unsere Seidenunterwäsche zum Trocknen aufhängen. So leben wir öffentlich Joop! und lesen heimlich wie Schulbuben unter der Bettdecke Dieter Bohlens Buch »Nichts als die Wahrheit«.

Doch dieser Spagat kann nicht gut gehen. Nicht einmal die Frauen wollen solche Typen, die jeder Mode folgen, sich mal 'ne Glatze rasieren, mal ein total originelles Tattoo tätowieren lassen, dann wieder zur Kosmetikerin gehen und es – zurück in der gemeinsamen Wohnung – »einfach toll!« finden, dass ihre Frauen so gerne *Sex and the City* gucken – obwohl auf RTL gerade die Champions League läuft.

Diese Entwicklung begann in etwa, als sich *Star Trek* auffächerte wie ein Silvesterböller: Mit einem Urknall wurde aus einer Crew und einem Kapitän ein gigantischer Sternenhaufen von Staffeln und Folgen, die niemand mehr überblicken konnte – nicht einmal ein Mann. Mit der Serie zerbrach auch unsere Orientierung. Welchem Vorbild sollte man nun folgen? Dem Kommandanten von *Deep Space Nine? Voyager? The Next Generation?* Oder dem *Enterprise*-Kapitän zwischen Kirk und Picard? Wer stellt in welcher Staffel welchen Charaktertypen dar? Welcher Schiffsarzt ist nun der Emotionale? »The one and only« Pille? Oder der Holo-Doc aus *Voyager?* Wer ist der Logiker? Wer der Kämpfer? Ist eine Frau als Kapitän überhaupt vorstellbar? Oder sollte man doch schnell auf eine andere Serie umsteigen?

»Ja!«, kreischt der Frauenchor im Hintergrund. »Schau doch *Sex and the City,* das mögen andere Männer auch. Nicht immer das blöde *Star Wars.«* Obwohl sie ja Luke Dingsbums so nett finden und Harrison Ford ... Ach ja, und damit schon wieder einen anderen Typen anhimmeln: den Draufgänger. Aber wer den Unterschied zwischen dem weibischen *Star Wars* und dem Männerfilm *Star Trek* nicht kapiert, sollte hier sowieso aufhören zu lesen ... Leider gibt es ja mittlerweile ganze Männerrudel, die gemeinsam mit Beckham das Buch an dieser Stelle weglegen müssten.

Um nach Dekaden der Dekadenz, der falschen Göttinnen und Orakeln endlich unseren Weg von der Venus zurück zum Mars zu finden, müssen wir tief in unsere Vergangenheit zurückkehren, als das Gute noch behaart war, Muskeln hatte und manchmal nach eigenem Achselschweiß roch.

Uns Männern fehlt heute wieder ein vernünftiges Vorbild, dem wir unbeschwert folgen können, das so ist, wie wir alle mal waren: einfach und echt.

Womit fing denn eigentlich alles an? Mit Adam, der sich von Eva über den Tisch ziehen ließ? – Hab ich noch nie geglaubt! Ich denke da eher an das Urbild des Mannes, der sich noch im Lendenschurz an Lianen durch den Urwald schwang und alles bekam, was er haben wollte.

Genau: Ich spreche von Tarzan! Aber die Erinnerung an unseren männlichen Urvater muss erst wieder mühsam belebt werden. Sie liegt tief verschüttet unter einem zähen Film zuckersüßen Willens, es den Frauen recht zu machen.

Gibt Mann in die beste Bildersuche im Internet das Wort »Jane« ein, erscheinen zahllose Bilder und Fotos von mehr oder minder hübschen Frauen, die offenbar aus digitalen Fotoalben stammen. Leicht kann Mann erkennen, dass der Name Jane weit verbreitet ist, gesellschaftsfähig sozusagen. Sucht Mann dagegen nach »Tarzan«, erscheinen fast nur Karikaturen, Zeichnungen, lächerliche Bilder und Disney-DVD-Cover. Jane hat es also geschafft. Sie hat die zivilisierte Welt erobert. Doch kennen Sie einen Jungen oder Mann mit Vornamen Tarzan? Eben! Tarzan ist von einem männlichen Mythos zu einer Metapher mutiert. Und das besonders Perfide: Einer der zahllosen Kapitäne der *Enterprise*-Verschnitte ist nicht nur eine Frau, sondern heißt auch noch Janeway. Janes Weg! Noch Fragen, Männer?

Für das Mannsein an sich gibt es sowieso kaum noch Wörter: Okay, Kerl ist geläufig, Kumpel geht gerade noch. Doch damit hört's auch schon auf. Synonyme für »Weichei« dagegen werden im Internet zu hunderten gesammelt, alphabetisiert und veröffentlicht. Warum wohl?

Hat Tarzan etwa viele Worte gemacht? Reichte ihm nicht das herrlich schlichte: »Ich Tarzan, du Jane!«, um die Verhältnisse klarzustellen? Und dabei hat er sich selbst – o Schreck – auch noch zuerst genannt. Du Tier! »Tarzan!«, rufe ich. »Zeige uns den Weg!«

Schuld an dieser scheinbar ausweglosen Situation sind natürlich die Frauen. Forderten sie doch ständig das jeweils nächste und andere Männerbild und trieben uns damit schier in den Wahnsinn. Doch die Frauen haben nicht nur den Mann verzogen, gedemütigt und degeneriert, sie haben auch das gesamte Umfeld geändert. Was soll denn ein schmalbrüstiger Beckham-Verschnitt sagen, wenn er einer breitschultrigen Schreinerin gegenübersteht, die wissen will, wie tief die Nut sein soll? Dass es doch die Frauen immer tiefer wollen, nicht die Männer?

Kurz: Frauen taten jahrzehntelang alles, um die Männer zu

verwirren, sie orientierungslos zu machen. Was für Schluffis zogen in den letzten Jahrzehnten durch die Republik. Was für Müslis und Verständnishaber.

Seien wir ehrlich. Längst geben allem »Gläsernen-Decken-Geschwafel« zum Trotz die Frauen den Ton an. Nicht, dass sie wirklich in die Zentren der Macht vorgedrungen sind. Weit gefehlt. Aber sie haben sich – mit unseren Kreditkarten – zur Hauptzielgruppe der Werbung und damit der Medien gemausert und deshalb werden jetzt ihre Bedürfnisse erfüllt. Und die paar handverlesenen Schreinerinnen von vorhin sollen uns auch nur erschrecken. So deuten die Frauen an, dass sie langsam in alle angestammten Bereiche der Männlichkeit vordringen, während sie in Wirklichkeit nach wie vor an unserem finanziellen Tropf hängen. Wenn wir endlich glauben, dass sie alles können, haben sie ihr Ziel erreicht. Der Weg zum Küchen-Hanswurst ist geebnet, und alle sind unglücklich. Der Mann, weil er ein Weichei ist, und die Frau, weil er ein Weichei ist – »Hoppala, das hab ich nicht gewollt«.

Ihn trifft das besonders. Treiben ihn doch das Y-Chromosom und die Gene der Vorfahren zum Tanz um das Lagerfeuer oder rauf zum Mars. Oder sie lenken seine Augen unwillkürlich auf den knackigen Hintern der Blondine vor ihm. Der Metro-Mann sieht den natürlich nicht, der hat ja noch Tränen vom Zwiebelschneiden in den Augen. Schade eigentlich. Warum hat Tarzan damals Jane abbekommen? Weil er eine klare Aussage traf:

»BBOOOOOOOOOooAAAAiaiaiaiaiaiaiaaaaa.«

Gratis als Dreingabe hatten auch noch alle anderen Angst vor ihm. Ich finde, es ist an der Zeit, ihn wieder auferstehen zu lassen.

Damit wir uns richtig verstehen: Tarzan war kein stinkendes

Tier, das in einer Höhle vegetierte, sondern ein gewiefter Stratege in einer der härtesten Umgebungen der bekannten Welt, dort wo heute nicht umsonst nach fünf die Managertrainings stattfinden: im Urwald. Er war also anpassungsfähig, schweigsam, sportlich, uneitel (Wie könnte es anders sein, ohne Spiegel?), triebhaft, praktisch und überlegen. Und bei all dem war er auch noch lernwillig und zukunftsorientiert und ging an die äußersten Grenzen. Sonst hätte er weder mit Jane angebandelt noch ihre Sprache gelernt. All das sind Schlüsselqualifikationen, von denen Personalchefs heute träumen.

Also los: Folgt mir in den Dschungel, dorthin wo wir Männer noch Männer sein dürfen, und lasst uns schauen, was wir von Tarzan lernen können.

Vorbildlich: Neue Tarzans braucht das Land

Der Mann am Ende – So fing alles an.
Von Suffragetten und anderen Männertötern.
Die wunderbare Welt des Dr. Oetker.
So viele neue Männer, so wenig Hoffnung.
Die Rettung naht: Tarzan ist wieder da.

Bevor wir Männer das rettende Ende der rauen Liane in die zart gepflegten und hornhautfreien Händen nehmen können, müssen wir dem angerichteten Elend ins Auge sehen. Direkt, ehrlich und schonungslos! Zu viele von uns haben sich bereits in dem Netz verfangen, das die Frauen in den vergangenen einhundert Jahren strategisch geschickt gewoben haben.

Am Anfang war der Mann

Denn damals war die Welt noch halbwegs in Ordnung: Mann war Mann, Frau war Frau und himmelte *ihn* an, brachte dreimal am Tag etwas zu essen und sorgte für ein kuscheliges Heim. Damals brachten es nur wenige Frauen zu Pilotinnen, Assistentinnen von Wissenschaftlern oder machten sich als Schriftstellerinnen und Politikerinnen einen Namen. Die meisten waren Protegées.

Doch wie ein winziges Stückchen Mörtel, das aus einem Damm bricht und die Überflutung eines ganzen, fruchtbaren Tales auslösen kann, haben diese wenigen Frauen damit begonnen, nicht mehr nur die Socken zu flicken, sondern auch das Netz zu häkeln, in dem wir heute feststecken. War früher noch der Mann Herr im Haus, wussten die Frauen etwa das

Wirtschaftswunder geschickt für ihre Sache zu nutzen: Sie dehnten unauffällig ihren Machtbereich aus. Erst wurden die Küchen größer. Dann erfanden sie Heimwerkbank und Hobbyraum, in den sie den Mann, der mittlerweile schon wundersame Puschen im Wohnzimmer tragen musste, abschoben: An der Werkbank im Hobbyraum wirkte er von nun an unter Ausschluss der Öffentlichkeit. Doch kaum hatte er ein wenig Freude am Heimwerken gefunden, hatte stolz seine ersten Latten mühsam zusammengenagelt, beschlossen die Frauen, dass sie das auch könnten. Sie wurden Schreinerinnen, fluchten, dass Frau immer doppelt so gut sein müsse wie ein Mann, und drängelten den Mann wieder aus seiner Heimwerkerecke.

Heute richten die Frauen den Männern selbst in den kleinsten Wohnungen düstere Computerplätze ein, an denen sie dann ihre Computerspiele spielen sollen. Dabei tauchen auf den ersten bisher fast rein männlichen Game-Nights die ersten Mädels auf: Auch dieses Gebiet wird ihnen bald gehören wie Bundeswehr und Polizei.

So eroberten die Frauen Stück für Stück das gesamte Leben für sich: Das führte sogar so weit, dass in den letzten Jahren des vergangenen Jahrtausends der Europäische Gerichtshof entschied, dass eine Frau bevorzugt eingestellt werden kann, wenn der männliche Bewerber nur über eine *vergleichbare* Qualifikation verfügt. DAS ist Sexismus. Es ist Zeit zur Umkehr.

Frauen begehren auf

Die Frauen machten also vor über 100 Jahren mobil. Während es in den ersten 50 Jahren eher olle Suffragetten waren, die für Wirbel und Unverständnis sorgten, wurde die Situation nach dem Krieg anders. Denn viele Frauen hatten zwangsläufig gemerkt, dass sie irgendwie auch ohne Männer über die Runden kommen.

Aber die Versuche der Frauen, die Weltherrschaft zu übernehmen, waren unverkennbar. Nur ein Mann stemmte sich mit seinem Privatvermögen dagegen (nein, nicht James Bond): Dieser Mann verdient noch heute die lebenslange, nicht vererbbare Ehren-Liane in Gold. Es ist: Dr. Oetker! Er opferte großzügig viel Geld und zeigte den Frauen, wie sie ihre hart arbeitenden Männer zufrieden stellen können. In lustigen, bunten Handbüchern, Fernsehspots und auf kleinen Tütchen beschwor er die heile Welt, die dann auch für gute 15 Jahre in der Republik herrschte. Der Mann kam nach zahllosen Überstunden geschafft aus dem Büro, und die Frau hatte auf dem Nierentisch längst den Pudding angerührt, den er so gern mochte. Alle waren glücklich. Die Rollen waren klar verteilt. Die Scheidungsrate tendierte gegen null. Geschiedene waren echte Außenseiter. Doch es gärte, die Suffragetten hatten vorgesorgt.

Ende der Sechziger tauchte die Bewegung auf, der sich dann auf einmal auch die ersten irritierten Männer anschlossen: Damit es nicht so einseitig wirkte, nannten die Aufrührerinnen das Ganze Studentenbewegung und protestierten vorsichtshalber gegen das ganze Establishment. Um das den Männern schmackhaft zu machen, wurden sogar wilde Kommunen gegründet, in denen wenige Männer viele Frauen bekamen, jeder mit jedem durfte. Dermaßen verlockt zogen die jungen Kerle scharenweise auf die Straße und protestierten gegen sonst was. Der Rückschlag kam präzise. Dieselben Frauen warfen diesen Männern nämlich plötzlich Ausbeutung vor. Irgendwann riefen die Frauen sogar: »Der Bauch gehört mir!« Wir wollten ihn ja gar nicht. Hatten auch genug mit unserem eigenem Bauch zu kämpfen.

Plötzlich wurden dann die gängigen und erfolgreichen Männerbilder in Frage gestellt. Hemingways Helden mussten Federn lassen und wurden als »primitiv« abgestempelt. Selbst ein Neutraler wie Max Frisch geriet mit seinem *Homo Faber* – einem scharf beobachteten Sinnbild eines Mannes – in die Kritik. Durften wir Männer nicht einmal mehr Literaten trauen? Diese Tendenz setzte sich fort. Wurden früher noch harte Männer wie Humphrey oder Clint im Kino bewundert, sollen es heute sensible Typen sein, die in aller Ruhe und Großaufnahme weinen. Wenn er dann aber im Kino neben seiner Auserwählten weinte, verließ diese entsetzt und noch im Dunkeln den Sessel, während er seine verheulten Augen trocken tupfen musste (vorsichtig, damit das Kajal nicht verschmiert!). So läuft das mit den Frauen, Jungs: Erst wollen sie was, und wenn du's ihnen gibst, ist es ihnen schnuppe. Wie bei zwölfjährigen Gören.

In den achtziger Jahren spalteten sich die Frauen weiter: Der linke, politische Feminismus war plötzlich out. Die neue Weiblichkeit kam, von der wir Männer nur bedingt etwas hielten. Dralle Vollblut-Weiber waren zum Teil ja noch akzeptabel. Aber die obskuren Hexenkulte, die sich wieder in weiße und schwarze Hexen aufteilten … Ach je … Und die Männer immer mittendrin: Mal hierhin tendieren, mal dorthin.

Über Beckhams, Softies und andere Frauenversteher

Einer der letzten Versuche der Widerstandsbewegung der Männer bestand im neuen Jahrtausend darin, sich eine Glatze zu rasieren. Das ist immerhin noch etwas, was sich die wenigsten Frauen getraut haben zu kopieren. Bisher!

Aus den anderen Versuchen wurde …

Das Beckham

Ganz klar die derzeitige Nummer eins der Anti-Männer-Hitliste: trägt rosa Seidenunterwäsche. Wechselt so oft die Frisur, dass man ihn nur noch an der Trikotnummer erkennt. Erzählt das alles auch noch der Boulevard-Presse. Prägte einen Stil, der Metro-Sex genannt wird. So was wie »Nix-richtig-und-von-allem-etwas«. So ein Man ist noch auf der Suche, probiert deshalb so viel aus. In seinem Bad liegen Modezeitschriften, wie sie Wolfi Joop liest.

Jane kann diesen Mann nur draußen vorführen: Und zwar als eine Art dressiertes Rassehündchen. »Schau, wie schön sich meine Beute zurechtmachen kann«, sagt ihr zuckersüßes Lächeln. Er muss für sie bei ihren Freundinnen Punkte sammeln. Schlechte Position. Damit das mit dem Punktesammeln auch bei jedem Samstagsshopping im geselligen Kreis von Janes Freundinnen gelingt, muss das Beckham stets irgendetwas verändern. Für sie oder besser gesagt für ihre Freundinnen, mit denen er selbstverständlich nichts anfangen darf.

In Deutschland mutiert im Übrigen unser Boris zum Beckham: Früher war er ein echter Kerl, dem es ziemlich wurscht war, was er auf Pressekonferenzen zusammenstotterte. Immerhin hatte er ein seltenes Talent: nämlich einen kleinen gelben Ball so über ein Netz zu donnern, dass niemand ihn fangen konnte. Jetzt wird aus der denkwürdigen Becker-Rolle die Becker-Tolle. Na ja, wie soll man auf einen Mann setzen, der sich sogar nüchtern das eigene Sperma klauen lässt?

Und dass ausgerechnet die Kleidung des ältesten kleinen Jungen und deutschen Showmasters Tommi Gottschalk immer und immer wieder diskutiert wird, als sei er der Guru der Männermode, weist auf den unaufhaltsamen Siegeszug des Beckhams hin.

Der Frauenversteher

Hat total viel Verständnis für die Frauen, du. Und vermutlich ein gestörtes Mutterverhältnis. Versucht sich bei Jane einzuschleimen, indem er darauf hinweist, dass sie dem von der männlichen Medienwelt geschaffenen, völlig unnatürlichen und unduften Frauenbild nicht zu folgen braucht. Kriegt aber weiche Knie, wenn sie's dann auch nicht tut und aufgeht wie ein Hefekloß. Sagt gerne: »Du. Also Jäänee, das verletzt mich aber ganz tief drinnen, so bei meinen Gefüüühlen.« Neben seinem Sitzpinklerklo liegen *Brigitte* und *Emma*.

Jane kann ihn nicht akzeptieren. Er ist schlimmer als die beste Freundin: Mit der ist Jane nämlich selten im Bett. Außerdem hinkt er Janes momentanen frauenpolitischen Standpunkt immer hinterher: Er muss ja erst hören, was sie sagt, bevor er seine Denkmuster auf das neue Ziel einstellen kann. Außerdem darf er *Brigitte* und *Emma* erst nach Jane lesen, was ihm das Leben ebenfalls erschwert. Das ständige Abgleichen und Jane-Recht-Geben ist für den Frauenversteher ziemlich mühsam. Da er dadurch wenig Kraft hat, sich um seine eigenen Sachen zu kümmern, ist er aber alles in allem für Jane sehr pflegeleicht und deshalb für bestimmte Perioden im Leben des Weibsvolks auch recht beliebt. Etwa wenn Jane gerade frisch von Tarzan verlassen wurde.

Der Extremsportler

Versucht, mit dem Rad den Mount Everest zu befahren, oder steht vor seinem 200. Bungeesprung – davon die meisten illegal von den Brücken europäischer Hauptstädte. Ist meistens Briefträger oder Fleischereifachverkäufer und/oder impotent. Versucht deshalb, auf anderen Gebieten zu punkten. Leider interessieren diese Jane wenig: Sie will keinen Erstbesteiger, sondern einen vernünftigen Liebhaber – zum Beispiel Tarzan. Extremsportler tapezieren ihr Original-Berner-Senner-Klo mit Landkarten und legen die Kataloge der ortsansässigen Extremreise-Veranstalter aus.

Niemals will Jane so einen Typen. Er ist beim Versuch, sich an die Frauen anzupassen, in die vollkommen falsche Ecke gedriftet. Hält sich aber für unwiderstehlich, weil so sportlich. Nimmt er sie auf seinen Touren mit, zeigt er ihr damit immer nur, wie schwach sie im Vergleich zu ihm zu sein scheint, was Mann nie seiner Frau im direkten Vergleich zeigen sollte. Warum auch? Ein echter Mann tanzt ja auch nicht um Jane herum und ruft ständig: »Ich hab breitere Schultern als du. Ätsch! Ich hab breitere Schultern als du!« Dieser Typus braucht nicht nur viel Zeit, um zu seinen exotischen Plätzen zu gelangen, sondern auch für die Vorbereitung: Dann sitzt er nächtelang mit GPS-Gerät und Landkarte bei seinen Freunden und berechnet jedes Gramm Kohlenstoff, das irgendeinen Berg heraufgetragen werden soll. Braucht deshalb nicht nur viel Zeit, sondern geht seinen merkwürdigen Freizeitbeschäftigungen richtigerweise allein oder in einem fröhlichen Rudel Extremsportler nach. Dann sitzt Jane aber allein zu Haus. Das heißt, der Extremsportler kann nur hoffen, dass Jane allein zu Hause sitzt.

Der (immer noch nicht ausgestorbene) Trekkie

Totaler Kommunikationsversager – trägt deshalb Raumflotten-Uniform und ist auf parallele Scheinwelten angewiesen, wie er sie auf *Star-Trek*-Conventions vorfindet. Kennt jeden technischen Fehler in den *Deep-Space-Nine*-Dokumentationen, wüsste aber mit einer nackten Astronautin nicht viel anzufangen, außer eben über diese Fehler zu diskutieren. Jane lernt ihn gar nicht kennen, weil er sich picklig und dickbrillig im Hintergrund hält. Gott sei Dank. Neben seinem der ISS nachempfundenen Planeten-Klo liegen alle *Perry-Rhodan*-Hefte seit Anbeginn der Serie. Und zwar sauber sortiert.

Dieser Typ mendelte sich heraus, als er merkte, dass er bei Jane ÜBERHAUPT nicht ankommt: Deshalb suchte er sich ein alternatives Betätigungsfeld, auf dem er seine wüsten Fantasien ausleben kann. Jane hat dagegen längst begriffen, dass dieser Mann hoffnungslos ist.

Der Musiker

Oder auch der Intellektuelle. Tritt als Musiker oder Dichter in drittklassigen Kneipen auf, dreht sich Schwarzer-Krauser-Zigaretten selbst und weiß um die wirklich schlimme Situation der Frauen/ethnisch Benachteiligten überall auf der Welt Bescheid … Protestiert dagegen mit dem Absingen/Nachsprechen von echten Heavy-Protest-Songs und Gedichten aus den frühen Siebzigern. Fährt eine Ente, die einzig durch Anti-Atomkraft-Aufkleber zusammengehalten wird. Ist schon fast 47, sieht verfaltet wie ein 59-jähriger Bergführer aus dem Himalaya aus und glaubt auf die kleinen 18-Jährigen an der Theke unwiderstehlich zu wirken, weil die immer so nett lächeln.

Jane aber hält ihn bestenfalls für den armen alten Mann, der für einen Hungerlohn die schmutzigen Gläser von der Bar in die Küche bringt. Deshalb lächelt sie ihn auch manchmal mitleidig an. Was sollte sie auch mit einem alten Heini, den sie in absehbarer Zeit auf ihre Kosten pflegen müsste, der dafür immer und immer wieder davon erzählt, wie er Woody Guthrie getroffen hat? Jane kennt keine Folk-Klampfer der allerersten Generation.

Der neue Ökonom

Hatte in der kurzen Blütezeit der New Economy dank der wahnhaften Verblendung unzähliger Investoren tatsächlich mit 20 Jahren einen eigenen, bar bezahlten Porsche. Heute hat er noch die Erinnerung daran und beherrscht Sätze wie »Das ist eine gegenseitige Win-Win-Situation« oder »Der Schnelle frisst den Langsamen, nicht der Große den Kleinen«. Da diese Zeitspanne sehr kurz war, lebte auch dieser Typus nicht sehr lang. Nur vereinzelt halten sich in Garagen auf dem flachen Land Idealisten, die immer noch versuchen, aus einer reinen Idee ohne jeden Plan oder auch nur halbwegs tiefgründigen Gedanke Milliarden zu scheffeln und Bill Gates in die Schranken zu weisen. Auf seinem Garagen-Klo liegen die *Financial Times* und die *c't*.

Aber Jane will nicht in seinen Erinnerungen schwelgen, sondern es warm und gemütlich haben. Sie will ihm auch nicht Tee in die eisige Garage bringen, den er durch seinen alten Rollkragenpulli und den Schal eh nicht trinken kann. Sie will von aktuellen Abenteuern hören, nicht von denen aus grauer Vorzeit. Und letztlich ist sie von den Dingen, die er tut oder hofft, eines Tages zu erreichen, gänzlich unbeeindruckt. Das ist schlecht für ihn. Wie sieht das denn aus, wenn sie ihn bei einer Cocktail-Party vorstellt und sagt, das ist der Mann, der in seiner eigenen Garage irgendwas tut, was so gut wie Word 3.0 sein wird.

Der wilde Mann

Trifft sich im Wald mit anderen Wilden, macht Feuer, sammelt Regenwürmer ein, die er dann manchmal sogar futtert, redet von Alpha-Tieren und prügelt sich ritualisiert mit anderen Waldmännern, um seinen Herrschaftsanspruch zu belegen. Steigt am Sonntagabend – nach dem kollektiven Schlusstrommeln – rechtzeitig wieder in den Volvo, um den Ballauf-*Tatort* anzugucken. In seinem Bad kann man in der *Men's Health* blättern.

Für ihn ist das alles brutalst männlich. Für Jane leider nicht: Sie weiß ja nicht einmal, ob er sich nicht in Wirklichkeit mit einer anderen Frau trifft. Warum beweist er seine Männlichkeit eigentlich stets anderen Männern und nicht Jane? Und weshalb tut er das nur am Wochenende und nicht auch unter der Woche? So dass sich Jane an ihm erfreuen kann und stolz mit ihm angeben kann? Stattdessen lässt er sie ohne wirklichen Grund allein. Das rächt sich irgendwann.

Der Komiker

Den gibt's in unterschiedlichen Ausprägungen. Wichtig bei allen: Sie versuchen lustig zu sein, weil sie unfähig sind zu artikulieren, was sie gerne hätten. Früher war das der Klassenkaspar. Heute hat er es entweder zum Abteilungskaspar gebracht oder zum Ironic-Man, der versucht, Harald Schmidt zu kopieren. Jane findet ihn von ferne süß, hätte es aber doch lieber, wenn er dem Chef ordentlich die Meinung geigt, statt in der Mittagspause säurehaltige Bemerkungen zu verspritzen. Seine Klolektüre: irgendetwas, das er als »die totale Selbstverarsche der bildungsbürgerlichen Klasse« bezeichnet. Eventuell findet sich hier sogar eine Kohl-Klobürste. Jane weiß, dass er das selbst nicht so ganz verstanden hat. Außerdem ist Kohl schon lange außer Dienst.

Wer will schon einen Spaßvogel zu Hause? Am Ende lacht Jane auch noch, wenn sie ihn auszieht und zwei güldene Glöckchen vorfindet. Und Jane will lieber die Sternbilder erklärt haben, statt schon am Morgen die finsteren Ereignisse in den fernsten Ländern mit ironischen Kommentaren erläutert zu bekommen. Sie will niemanden, der die Angriffe der Kontrahenten statt mit harten Fäusten mit echt lustigen Bemerkungen pariert. Die muss Jane dann auch noch hören, wenn der Komiker auf dem Weg ins Krankenhaus ist und die Blutlachen um ihn herum als Sieg des Intellektes gegenüber der brutalen Gewalt feiert.

Der Care-Man

Kennt alle Wellness-Hotels zwischen Berchtesgaden und Flensburg, hat einen Buttermilch-Bart, macht ein Sabbatical, obwohl er seit Ende seines Studiums überhaupt erst zwei Jahre gearbeitet hat, kennt sich in der eigens für ihn von der Pharmaindustrie entwickelten Männermedizin prima aus, rasiert sich sonst wo und hat womöglich mehr Fläschchen und Tiegelchen im X-Large-Badezimmer stehen als Jane. Deshalb ist für sie dort auch kein Platz. Zum Lesen gibt's hier ebenfalls *Men's Health*. Jane kann ihn trotzdem gut vom »wilden Mann« unterscheiden.

Schließlich gibt er Jane ständig irgendwelche Beauty-Tipps: Damit gibt er ihr auch zu verstehen, dass sie offenbar davon keine

Ahnung hat (Todsünde!) und dass sie es nötig hat (Todsünde II!). Außerdem ist er so damit beschäftigt, sich und sein Leben zu pflegen, dass keine Zeit bleibt, für Jane echte Wunder zu vollbringen. Wie zum Beispiel beim gemeinsamen Urlaub an dem Riff eben mal nach ein paar Perlen für Jane zu tauchen. Die Fingernägel könnten ja leiden.

Das Schlimmste bei diesen verzweifelten Versuchen, die Frauenwelt zu befrieden: Erfüllte ein Mann die Wünsche seiner Frau, passte es ihr nicht mehr: Half er also im Haushalt, schrie sie ihn früher oder später an, mit der »Chefkoch«-Schürze sehe er aus wie ein Weichei. Versuchte er daraufhin, mit ihr auf dem Esstisch wilden Sex zu haben, bewies das lediglich seine fehlende Sensibilität. Trieb er viel Sport für die ideale Figur, hatte er keine Zeit, ihr zu Hause zur Hand zu gehen. Trieb er aber keinen Sport, verfettete er zusehends. Wollte er ausnahmsweise den neuen Schwarzenegger im Kino sehen, sollte er gefälligst mal was Kulturelles tun. Wollte er daraufhin auch mal ins Museum, forderte sie umgehend, er solle stattdessen mal wieder was echt Maskulines tun. Aber was?

Tarzan ist wieder da

Den Frauen ist es also gelungen, die Männerwelt in eine echte Krise zu stürzen: Vorbilder fehlen, sind ihrerseits verwirrt und wissen auch nicht so recht, was tun. Väter hängen noch dem Frauenbild nach, das sie seinerzeit kennen gelernt haben, oder sie sind ebenfalls grandios damit auf die Nase gefallen, es ihren Frauen recht zu machen. Heute ist der lang Verheiratete der Exot, ein regelrechter Außenseiter. Brüder und Freunde leiden unter der gleichen Verwirrung wie die ganze Generation oder haben ihr Glück in einer Frau gefunden, die dem offensiven Spektrum der selbstständigen, aber weiblichen Teilzeitmütter zwischen rechtem Flügel der SPD und linkem der CDU entspricht. Das ist aber nicht dein Typ.

Wem also folgen? Von wem sollen wir lernen? Dem Mann, der nicht in der Nähe von Frauen sozialisiert wurde und deshalb alles in Ruhe ausbilden konnte, was einen Mann ausmacht:

TARZAN!

Er lebte fröhlich und unbeschwert die ersten 30 Jahre seines Lebens im Urwald, sorgte sich um wenig mehr als um die nächste Mahlzeit und die Nachtruhe, erlegte wie ein Weltmeister Getier, das er stehenden Fußes mit seinen Kumpels teilte und aufaß. Tarzan bildete seine Muskeln nicht etwa aus, weil er es toll fand, sooo aufgeblasene Bizepse zu haben, oder entsprechende Bilder aus Zeitschriften ausgerissen vorgehalten bekam. Nein, er tat es, weil die tägliche Arbeit ihn dazu zwang. Er trug keine modischen Klamotten, die sich irgendein merkwürdiger Designer im Drogenrausch ausgedacht hatte. Nein, Tarzan trug einen Kompromiss aus praktischem Schurz und verfügbarem Material: Tigerfell. Tarzan brachte zum Essen nach Hause, was es eben gab. Jane bereitete daraus etwas Leckeres, ohne sich darüber zu beschweren, dass immer Elefant ja auch langweilig sei.

Kurz: Tarzan tat das, was getan werden musste, jenseits von wirren Modeerscheinungen und Trends. Tarzan konnte den zuckersüßen Nashville-Sound vom erdig-ruhigen Country eines Johnny Cash unterscheiden. Und warum verfügte er über diese Eigenschaften? Weil Tarzan die ersten 30 Jahre seines Lebens von allem möglichen umgeben war, bloß nicht von Frauen. Deshalb kam nie jemand auf die Idee, ihm Vorschriften zu machen, ausgefallene Sonderwünsche zu äußern oder ihn sonst wie zu manipulieren. Tarzan ist pur.

Tarzans Tipps

Dr. Oetker ist Tarzans Freund.
Tarzan hat einen eigenen Bauch.
Tarzan kommt vom Mars, nicht von der Venus.
Glatze bleibt Männersache.
Tarzan lebt fröhlich und unbeschwert.

Uneitel:
Ein schöner Mensch – Tarzan ist

Tarzan ist, wie er ist, schön und bodenständig. Er folgt keinen Modetrends, beträufelt sich nicht mit diversen Wässerchen. Er geht zum schweigsamen türkischen Frisör, ins Hamam und rasiert sich mit dem Messer. Tarzan verfolgt einen schlichten Stil.

Tarzan ist einfach schön. So wie er ist. Tarzan hat nie Zeit mit Tübchen verbracht oder mit dem Einsalben potenzieller Pickelchen oder Problemzonen der mittelalten Haut ab 25. »Uuiihhheee«, heult der von grässlichen Komplexen geplagte Frauenchor, denn so etwas können Janes nicht glauben: »Krähenfüßchen«, schreien sie. »Haare in Nase und Ohren« und »Von der trockenen Luft im Großraumbüro gestresste Haut macht alt!« Das versteht Tarzan nicht: Wer hat schon John Wayne beim Peeling gesehen? Oder Bruce Willis beim Auflegen einer Maske? Jene zahllosen Filmszenen dagegen, die Frauen am Frisiertisch zeigen, wie sie sich rapunzelig die Haare kämmen – das kennt schon jedes Kind. Welcher Mann aber erscheint Jane interessanter? Der mit dem wettergegerbten Gesicht oder das Weichei, dessen Züge kurz vor der Rente immer noch aussehen, als sei er 25? Siehste. Deshalb bevorzugt Tarzan die Basis-Körperpflege und bleibt damit erfrischend uneitel. Abgesehen davon, dass Frauen gar keinen Mann im Badezimmer dulden.

Ganz anders die Frauen: Ihre tiefe Verbeugung vor der Kosmetik lässt sich stammesgeschichtlich leicht erklären. Selbst wenn dieser Teil der Geschichte für Tarzan geradezu uninteressant ist –

ja, fast schon gleichgültig: Es gehört dazu, sie zu kennen. Schließlich reicht Tarzans Überblick sogar durch die geschlossene Badezimmertür. So versucht er seiner Jane viel Verständnis für ihre teilweise äußerst merkwürdigen Verhaltensweisen entgegenzubringen. Und das fällt ihm natürlich leichter, wenn er weiß, warum Jane sich bunte, breiähnliche Substanzen auf die seltsamsten Stellen im Gesicht schmiert, um sie später wieder voller Mühe »abzunehmen« – obwohl niemand sie darum gebeten hat, dies zu tun.

Als Jane vor vielen tausend Jahren häufig allein am Feuer saß, musste sie ja irgendwas machen. Die Felswände waren geschrubbt, die Beeren längst zu Janes 1-A-Marmelade zertreten, Tarzan auf Beute- oder Kriegszug. Außerdem wollte Jane mal mit jemand anderem reden als dem immer gleichen Gesicht im Wasserloch, über das sie sich so gern beugte. So ging sie dazu über, sich selbst vorzumachen, sie sei eine andere, wenn das fremde Gesicht in der spiegelgleichen Oberfläche des Wasserlochs ein wenig anders aussah als das ihre normalerweise. Auch heute ist das noch so: Frauen versuchen immer wieder, ihre Gesichter anders aussehen zu lassen.

Asche auf ihr Gesicht

Mal benetzte Jane ihre zarte, weiße Haut mit einem Wässerchen aus dem nahe gelegenen Bach, mal strich sie ein bisschen frisches Tierblut oder ein wenig kalte Asche aus dem Feuer auf ihre Wangen. Wie sie schnell feststellen musste, sah das nicht wirklich gut aus, und sie wusch alles wieder ab. Nur rund um die Augen blieb ein wenig Asche haften – Jane hatte das Kajal erfunden (immerhin eine Entwicklung, die eindeutig Jane zuzuschreiben ist).

Zwar stellte sie recht bald fest, dass es sehr aufwändig war, sich immer wieder von den anderen Frauen und vor allem von der Visage im Wasserloch abzugrenzen. Doch Tarzans Reaktion bestärkte sie in ihrem Bemühen: »Ich Tarzan. Du … äähhh … Jaaaaane?«, fragte er unsicher, während er versuchte, anhand der Einrichtung oder der Trophäen an den Wänden herauszubekommen, ob er auch wirklich in seiner Hütte und damit auch bei seiner Frau gelandet war. Jane fand diesen für einen Moment so verunsicherten Tarzan aufregend. Von da an gab sie sich alle Mühe, sich stets so zu verändern, dass Tarzan mindestens zweimal hingucken musste, um in ihr seine Frau zu erkennen. Das ist bis heute so geblieben: Einen ähnlich erschrockenen Blick werfen Männer meistens am frühen Morgen auf die Frau neben sich.

Dabei kannte Tarzan Schminke bereits, bevor Jane sie für sich entdeckte. Aschestriche unter den Augen verbreiteten Angst und Schrecken bei Leoparden. Manchmal passte sich Tarzan auch mittels mehrerer Aschestreifen am ganzen Körper perfekt den Zebras an. Er allerdings wollte Jane nie erschrecken und wischte seine Farben wieder aus dem Gesicht, bevor er nach Hause kam.

Später merkte Jane, dass stundenlanges Schütteln der Haare im Wind zu einer Art Frisur führte, die so ganz anders aussah als die Haarprachten sämtlicher Nachbarinnen. Natürlich wollte Jane Tarzan diese Entdeckung nicht vorenthalten und bat ihn auch gleich darum, diese sagenhaften Winde für sie nutzbar zu machen. Das erledigte Tarzan zwar erst Jahrtausende später, dafür aber immerhin in mindestens dreistufiger Ausführung und mit klappbarem Griff, sodass es als Reiseutensil ins Kroko-Täschchen passte.

Dieser Lebensbereich blieb jedoch ein Mühsal. Zumindest für uns Männer. Ganze Generationen haben schon versucht, sich mit dem einen Satz gegen die allerhöchste Fönstufe durchzusetzen: »Schatz! Wir müssen los.« Meist hört Mann von seiner rotgesichtigen, aber dennoch geliebten Frau nur: »Hääă? Was?«, und nach der zweiten oder dritten Wiederholung: »Wieso, ist doch erst viertel vor neun.« Oder: »Willst du mit einer Furie auf die Party gehen?« Als eine der wenigen Frauen kennt nur Ex-Posh-Spice Victoria die umgekehrte Version: Bei Beckhams ruft der selbstverliebte Metro-Mann David seiner wartenden Frau zu, dass er leider noch ein Viertelstündchen braucht, um seine aktuelle Frisur zu fönen. Die kann sich allerdings schon wieder geändert haben, bevor sie überhaupt fertig ist.

Achtung Riesenpickel

Eine überaus gefährliche Situation ergibt sich, wenn wir Männer unsere Frauen mit ihrem inzwischen perfekt gestylten Gegenüber im Spiegel sprechen hören: »Wie sieht das denn aus? Wird das ein Riesenpickel? Ich kann wirklich nicht mitgehen.« Oder: »Ogottogottogott, eine neue Falte.« Gnade ihm Gott, wenn der Mann das falsch kommentiert: »Klar, das wird ein voll eitriges Monsterding da auf der Nase«, etwa ist ein Satz, den auszusprechen sich nur die wenigsten trauen. Vielmehr sind die meisten Männer – vom seltsame Blüten treibenden Schönheitswahn der Frauen zum Mitmachen gezwungen – in den vergangenen Jahren in die Defensive gegangen. »Nönö«, nuscheln sie. »Kaum zu sehen, das kleine Dingchen, also da muss man aber schon ganz genau, also, so gut wie überhaupt nicht, also ich seh nichts«, lügen sie, um END-LICH doch noch loszukommen. Selbst der gut gemeinte Tipp »Tu halt über Nacht ein bisschen Zink drauf« würde nur bedeuten, dass da wirklich etwas Erschreckendes heranwächst. Einmal mehr sollten die Männer schweigen und übersehen, was deutlich sichtbar ist: Höflichkeit heißt das in den Benimm-Büchern. Sogar der beruhigende Hinweis, dass Jane mit ihren 29

Jahren noch keine einzige Falte hat, schiebt sie meist mit einem mütterlichen »Nett, dass du das sagst, aber wir wissen beide, dass das eine charmante Lüge ist«, zurück. Was soll Mann also tun? Dafür sorgen, dass sich seine Jane mit ausreichend Kosmetika eindecken kann.

Wenn nämlich Tarzan genug Essen ranschaffte, musste Jane weniger Beeren sammeln und Wurzeln rupfen (ruinierte sich also nicht die Nägel, Tarzan dafür aber seinen Rücken – egal). Sie hatte Zeit, er musste schaffen. Auch das ist so geblieben und belegt, dass Tarzan gar keine Zeit hat, sich der ausgiebigen Körperpflege hinzugeben. Außerdem sind allein Janes Kosmetikkosten so exorbitant, dass sie an das US-Haushaltsdefizit erinnern. Für zwei ist das wohl kaum zu bezahlen. Jane gibt, ohne mit den angeklebten Wimpern zu zucken, schnell für 40 Milliliter *All-Sport Non-Freeze Face Protector* 25 von Tarzans hart erbeuteten Euros aus. Klar, dass uns Männern diese geschickt verschlüsselte Mengen-Preis-Angabe wenig sagt. In die Einheit Maß umgerechnet müsste der Liter Bier auf dem Münchner Oktoberfest schlappe 625 Euro kosten (ohne zwangsfreiwilligen Bedienungsaufschlag). Das sind über 1250 Mark! Ein Wahnsinn! Das muss Tarzan erst mal ranschaffen! Und die anderen vielen kleinen Tiegelchen sind dann längst noch nicht bezahlt. Das spaltet übrigens auch die Frauen: Die großen sind auf die kleinen neidisch, weil diese nicht so viel von der teuren Creme benötigen.

Geschichten am Feuer

Während Jane also über dem Wasserloch hing, zog Tarzan aus, um die Beute ranzuschaffen, die Jane brauchte, damit sie genug Zeit hatte, um sich zu schminken. Da Tarzan deshalb oft fort war, taten sich die Frauen zusammen, schminkten sich gegenseitig und erzählten dabei unentwegt. Manche konnten das besonders gut und nannten sich fortan Kosmetikerinnen oder Visagistinnen.

Wenn moderne Janes zur Kosmetikerin gehen, so erinnert sich ihr Unterbewusstsein an diese Vergangenheit, an Geschichten, die am Lagerfeuer erzählt wurden. (Ja, da war's immer warm, da konnte man sich ausziehen, gegenseitig massieren und streicheln, ein kleines Asche-Peeling machen. Das wurde kurz mit bissi-bissi kaltem Wasser abgespült, bevor sich alle zusammenkuschelten, bis ihnen wieder warm war, wobei sie nie auch nur einen Faden der vielen Erzählungen verloren.) Einmal dort, werden sie auf Heiz- und unter Wolldecken gebettet, gedrückt und ein winzigkleines bisschen geknetet. Sie schütten der Kosmetikerin dann gleich ihr Herz aus, weil es irgendwie genauso ist, wie es wohl früher gewesen sein mag. Aber: Es riecht besser.

Am meisten Spaß macht das weibliche Vergnügen in der endlich heißen Sauna. Da werden selbst eisigste Frauenfüße warm und Gott sei Dank gibt es Frauentage. Mal ehrlich, welcher Mann will schon eine Horde kreischender, rotgeschwitzer und miteinander schwatzender Frauen sehen, die Quark und Gurken im Gesicht haben und sich Fruchtgummis zwischen die Zehen schieben? Die Buttermilch trinken, Buttermilch-Bärte tragen und sich – am Ende noch gegenseitig – die Buttermilch sonst wohin schmieren? Und trotzdem gibt es noch immer Frauen, die behaupten, Männer gingen zum Spannen in die Sauna.

Und was ist mit den Männern?

Während Janes Kosmetikgeschichte also schon vor über 25000 Jahren begonnen hat und nicht erst mit *Avon,* wie die vagabundierenden Beraterinnen dieser Firma den Janes noch heute weismachen wollen, ist der wahre Mann auf dem Boden der Tatsachen geblieben. Schließlich hatte Tarzan auf seinem Baum genug um die behaarten Ohren und vor allem: keinen Spiegel! Von Mondphasen und den dazu jeweils passenden Masken gebeutelt können Frauen dafür kein Verständnis aufbringen. Heute versuchen frustrierte Chefredakteurinnen diverser Jane-Magazine, die sich mit von Abdeckpülverchen ausgelaugter Haut plagen, auch den Männern einzureden, dass nur ein Masken-Mann ein sexy Mann sei, er also ebenfalls ganze Tage im Bad zubringen müsse, das doch sowieso von Jane besetzt ist. Dort solle er erst mittels Wasserdampf die Haut erweichen, dann mit einem sanften Peeling die alten Hautrückstände sachte abrubbeln, um anschließend mit einer milden, beruhigenden Gurkenmaske die Irritationen der vom Peeling roten Haut wieder auf Vordermann zu bringen. Erst wenn er sich stundenlang mit seiner Haut beschäftigt hat, kann er sich seinem entbehrungsreichen Männer-Tagesgeschäft widmen. Dann erst darf er die alte Kutte überstreifen und in die echt üble Fankurve richtig einen draufmachen und rumprolen, sich vielleicht mit ein paar Hooligans aus England prügeln, eventuell sogar Beckham auspfeifen. Oder er macht kurz die Maniküre zu Ende, bevor er am Auto den Öl- und Reifenwechsel selber macht.

Eigentlich will Jane ja nur, dass Tarzan genauso gut aussieht wie sie. Die Frauen müssen den Männern das einreden: Denn während sie früher einsam am Feuer saßen und auf Tarzans Rückkehr warteten, stehen sie heute einsam im mit Fläschlein und Tiegelchen überfüllten und grundsätzlich überheizten Badezimmer und hoffen, dass sich die Tür auftut und ein mit einer Maske für die gestresste Haut angetaner Mann sie aus ihrem feuchten Biotop errettet. Tut er aber nicht. Tarzan guckt Fußball.

Bis heute wirkt nach, was Frauen schon früher getan haben,

um dem ständigen Frieren zu entgehen. Sie zündeten zahllose Feuer an, um es schön warm zu haben. Deshalb verwandeln sie heute das Badezimmer in einen Glutofen. Tarzan dagegen saß einsam und allein auf dem zugigen Baum und fror. So ähnlich ist's geblieben. Wie sollten sich Tarzan und Jane da im Bad gemeinsam und glücklich treffen? Und: In welchem Badezimmer wäre denn überhaupt noch Platz für Männerkosmetik? Schließlich müssten seine Tiegel ja schon allein deshalb größer als ihre sein, weil Männer viel mehr Masse haben (außer an der Brust). Wo sollten denn die Litertöpfe Creme stehen? Auf der Ablage unter dem Spiegel sind traditionell Rasiermesser, -pinsel und -seife angeordnet, der Schleifgurt hängt bereits flach an der Wand. Kaum passt die Zahnbürste noch dort hin. Wie würde Jane schließlich aufschreien, wenn Tarzan erst die Zahnpastatube weder richtig ausdrückt noch sie verschraubt? Wie laut kann sie werden, wenn er dann noch mit seinen dicken Fingern die erstbeste Creme großzügig auf seiner breiten, haarigen Brust verteilt? Und wie wird sie sich steigern, wenn er auch diesen Deckel nicht ordentlich aufschraubt?

Reicht es ihnen denn nicht, dass sie sich häufig über die Angewohnheit von Männern aufregen können, Flaschen mit den Zähnen zu öffnen, den Korken in eine Ecke zu spucken und einen herzhaften Schluck zu nehmen? Darauf hat die Kosmetikindustrie natürlich längst reagiert und die meisten Fläschchen mit unförmigen Glasstöpsel versehen, die nur schwer mit den Zähnen zu greifen sind. Hat schon einer von euch die neue Bodylotion mit Grapefruit-Extrakt probiert?

Und sowieso hat Jane längst den überwiegenden Teil des Badezimmers zu ihrem uneingeschränkten Territorium erklärt: schrille Tiegelchen und geheimnisvolle Töpfchen, winzigste Tübchen und Pröbchen aus Glas, farbig und doppelt und dreifach verpackt, bunte Flakons und beschleifte Fläschchen (alle französisch beschriftet – wo sie sich doch sonst so anstellt mit dem Französischen) stehen hier in rauen Mengen beieinander. Daneben gigantische Pinsel, die Tarzan für Affenschwänze hält und mit denen er in Minutenschnelle die Decke gestrichen hätte, verfügbar in drei verschiedenen Farben, Wässerchen, um die Cremchen abzutupfen, und Wattepads, um eine andere Lotion aufzutragen. Irgendwo dazwischen ist bestenfalls Platz, um das aus der Single-Wohnung gerettete grüne Plastikkrokodil am äußersten Rand der Badewanne zu platzieren. (Warum das für Tarzan so wichtig ist, wird an passender Stelle erklärt.) Und das alles für wenige Quadratzentimeter Jane-Haut. Besonders grotesk: Jane richtet sich dabei so dermaßen scheußlich her, dass es ihr selbst peinlich ist. Wer hat noch keine grün maskierte Frau mit Kippe im Mund, eingehüllt in den verschmierten Bademantel und mit einem merkwürdigen, aber kunstvoll geflochtenen Turban auf dem Kopf kreischend ins Badezimmer hasten sehen, bloß weil Mann mal eben aufs Klo gehen wollte?

Von Glatzen, Bärten und andere haarige Geschichten

Doch wagt es Tarzan einmal, eines von Janes Rezepten zu übernehmen, ist es auch wieder nicht richtig: Bleibt ihm beim Fußballspiel der Mund vor Entsetzen offen stehen, weil der Elfmeter reinging, und läuft deshalb das pflegende Bier aus dem Mund über Drei-Tage-Bart, Shirt und Short, ist zu Hause das Gezeter so riesig wie an dem Tag, als Tarzan versuchte, die Hefe-Bier-Tabletten in Quellwasser anzurühren und zu trinken. Dass Jane sich aber heimlich das gute Export aus dem Kühlschrank auf den Kopf schüttet und obendrein ein herrlich frisches, rohes Ei in ihren Haaren verreibt, um es dann in den Ausguss zu schwemmen, das soll in Ordnung sein? So geht das nicht, jemand muss es Jane einmal sagen: »Bier nicht essen. Bier nicht auf den Kopf schütten. Bier trinken. Wie Tarzan.«

Schlimm genug, dass die Chefredakteurinnen schon Erfolge verbuchen konnten: Zahllose ehemalige Norwegerpulli tragende Frauenversteher verwandelten sich – von weiblich dominierten Medien getrieben und manipuliert – in den letzten Jahren zu echt harten, aber nichtreflektierenden Glatzenträgern. Für Tarzan völlig unverständlich, denn die Glatze kommt ohnehin früher, als es sich die meisten Frauen und Männer wünschen. Im schlimmsten Fall schickt Jane ihren Männe dann zum Zweithaar-Spezialisten und lässt ihn wie einen Troll oder Atze Schröder herumlaufen. Außerdem: Eine Rasur des Kopfes ist genauso wenig geeignet, Männlichkeit zu erzeugen, wie das haarige Unterfangen, sich mit 14 Jahren die ersten Härchen auf der Oberlippe etwas wachsen zu lassen und das Ergebnis stolz Schnauzer zu nennen, um den Mädels zu zeigen, dass die Pubertät bereits abgeschlossen sein soll. Zumindest im Gesicht. Allerdings fallen Mädchen in dem entsprechenden Alter noch auf solche flachen Tricks herein. Später versuchen die entwickelteren Weichei-Männer dickere Sachen auszupacken, um ihre vermeintliche Männlichkeit zu beweisen. Einen Porsche etwa. Oder sie lassen sich in Erinnerung an ihre erste Begegnung mit dem weiblichen Geschlecht einen Schnauzbart stehen.

Telly Savalas galt nicht als Kerl, weil er eine Glatze hatte, sondern weil er ein eisenharter Cop war. Der konnte sogar mit einem Lolli rumlaufen und ein weibisches »entzückend« von sich geben. Jane wird allerdings schnell enttäuscht sein, nachdem sie dir die Birne rasiert hat (am Ende mit einem risikominimierten Elektrorasierer statt der Klinge), auf der nun deine einzige und noch dazu verdammt kurze Narbe, die dir dein Bruder im Sandkasten mit der Plastikschaufel verpasst hat, weißlich glänzt. Unter der Yeti-Pracht steckte gar kein Kerl, sondern nur du kamst neu zum Vorschein! Aber sicher wird sie das nächste Folterwerkzeug finden, das dich endlich zum Mann machen soll: Vielleicht meldet sie dich beim Stadt-Marathon an, obwohl du schon beim Bierholen aus der Puste kommst. Denke daran, eine Glatze macht noch lange keinen Yul Brynner aus dir, Junge. Die meisten anderen öffentlich bekennenden Glatzköpfe machen Werbung für Zitronentee oder Putzmittel, Cola oder einfach nur für Haarwuchsmittel und -verpflanzungen. Wenn Jane will, soll sie sich halt in einem Schaufenster spiegeln oder die Hand auf deinen Bauch legen, der ist auch schön rund und prall.

Warum sollten sich Männer überhaupt den Kopf oder gar die Beine rasieren? Einzige gute Gründe: eine Operation oder die Erleichterung beim Auftragen der Fettcreme für trockene Haut, die immer an den Haaren hängen bleibt und sich nicht verteilen lässt. Und die deshalb bald auf Janes Seite des Regals zu finden ist.

Völlig anders ist die Lage, wenn es um die Rasur im Gesicht geht: bei Bärten aller Art hört der Spaß auf. Saß Tarzan tagelang auf seinem Baum, um auf Beute zu warten, blieb ihm keine Wahl. Aber da hatte er ja auch keinen Spiegel. Und verschwendete keine Zeit damit, sich mühsam die Koteletten zu stutzen, Achselhaare auszureißen oder sich im Haarwichsen und Bartspitzenzwirbeln zu üben. Schlafmasken wie für einen Kaiser-Wilhelm-look-alike-Wettbewerb fanden auch keinen Platz in Tarzans Fellsack. Und die meisten König-Ludwig-Bart-Abbilder sieht man doch sowieso über gelangweilten Lippen von Beamten, deren Lebenshöhepunkt im alljährlichen Wettbewerb liegt. In so einem Bart verfangen sich nur Zecken, rohes Ei und Janes Haare, was vor allem dann blöd ist, wenn es gar nicht die Haare deiner Jane sind. Wofür hat Tarzan denn jahrelang an seinem Feuerstein-Rasiermesser gearbeitet? Um nun unnötigerweise das komische Gestrüpp im Gesicht zu tragen? Klar ist auch, dass Geräte wie Elektrorasierer, die ihre etlichen Scherköpfe gleich selbst reinigen, eher tolle Jane-Geräte sind, vergitterte Schwingköpfe mit zahllosen Klingen können immerhin noch als Nassrasierer, aber nur als Halbweicheier-Utensil durchgehen. Nach den dafür nötigen Klingen müsste Tarzan ja sogar demütig die Kassiererin an der Kasse fragen.

»Darf ich bitte eine Packung Rasierklingen haben?«

»Bittä?«

»Bitte Rasierklingen.«

»Links, zwotes Regal hinterm Klopapier.«

»Nein, nicht die normalen. Ich möchte bitte die mit der Vierfach-Klinge und dem Dreifach-Gleitstreifen.«

Und jetzt kommt der Blick, der das ganze vermeintliche Leiden der Frauen auf seine Schultern laden soll. Für immer. »Kannst dir das Bärtchen wohl nicht mit einer Doppelklinge abschaben, hmm? Ist nicht gut genug für den Herren? Aber deine Frau, die soll glatte Beine haben, was? Und das Geld könntest du auch für den *All-Sport Non-Freeze Face Protector* verwenden. Da. Nimm.« Mit einem Blick voller Verachtung und ausnahmsweise völlig wortlos greift die Verkäuferin unter das Laufband und wirft eine (!) Packung dieser unwürdigen Klingen auf das Laufband. Angeblich liegen diese Klingen unter dem Tresen, weil sie oft geklaut werden. In Wirklichkeit aber haben die Marketing-Strateginnen das arrangiert, damit Frauen diesen einen Blick auf die im Schatten parkenden Männer werfen können, die sich tatsächlich mit Vierfachklingen-Nassrasierern die Barthaare entfernen. Eigentlich fehlt nur noch die Durchsage: »Hier kauft ein *Herr* Vierfachklingen, statt seine Frau mit dem Notwendigsten auszustatten.«

So ähnlich muss das Gefühl gewesen sein, wenn Mann im Jahr 1954 in der Fuldaer Dom-Apotheke Kondome gekauft hat.

Also, nimm einfach dein gutes altes Rasiermesser mit einer Klinge, stell dich im Badezimmer vor den Spiegel. Schäum dein Gesicht gleichmäßig ein, zieh ab und zu am Zigarillo im Mundwinkel, spüle dann und wann den Rachen mit Wiskey, kicke mit dem großen Zeh den Korken durch das Bad und schabe dir den Bart ab: Lass Jane zusehen, dabei wird sie zwangsläufig weich. Butterweich. Ganz bestimmt.

Stacheldraht am Arm

Kommen wir zu einem ganz speziellen Thema: Ein Tattoo macht dich weder zu einem Mitglied der Yakuza, noch beweist es, dass du in Santa Fu im echt üblen Flügel gesessen hast. Es sieht eher so aus, als hättest du dich den Sommer über schrecklich gelangweilt. Oder als wollte deine Jane sich nicht mehr mit dir sehen lassen, solange du nicht diesen esoterisch-erotisch-männlichen bläulichen Stacheldraht am Arm hast, den ja auch Billy Bob Thornton trägt. Jane sollte mal darüber nachdenken, wie die dazugehörende Pam Anderson aussieht. In echt, nicht auf den Postern. Aber so will Jane ja nun auch nicht herumlaufen. Vielleicht hast du dich vorsichtshalber nur zu einem winzigen Schlänglein am großen Zeh durchringen können. Was zur Not auch einfach als schmutziger Fuß durchgehen könnte. Oder Jane besteht darauf, dass du dir statt der wunderbar symbolbehafteten Billard-Acht einen »sooo süßen Delfin« auf die momentan aufgepumpte Brust aufbringen lässt.

Die jungen, knackigen und nicht tätowierten Altenpflegerinnen in 40 Jahren werden sich mit Grausen von den verschrumpelten Tattoos abwenden, mit denen sich diese eine Generation von Pseudokerlen während der kommenden 40 Jahre sicher schwer auseinander setzen wird. Was um alles in der Welt hat euch geritten, in einem Sommer so viel lebende Haut einzufärben? Und nicht einmal die vielen Frauensteiße, die – in die Höhe gereckt und mit merkwürdigen flügelartigen Tattoos versehen – auf Fahrrädern unterwegs sind und kaum von einem brutal erotischen Tanga bedeckt werden, der aus einer dieser kindischen Hüfthosen hüpfen will, lenken Tarzan von seiner Suche nach Beute und Essbarem, nach Bier und Billard ab.

Ein echter Kerl, Jungs, trägt einen Totenkopf, einen Anker oder ein Herz mit dem Namen seiner Liebsten auf dem prallen Oberarm. Fertig. Tattoos waren zu Tarzans Zeit für die Ewigkeit gemeinte Schwüre, heilige Eide und Versprechen, kein Trend, der sich gegen die Mode richtet, die sich so schnell ändert, dass nur ein Tattoo beweist, dass du ihr nicht folgst. Und du dich dann vielleicht doch mindestens 50 Jahre ärgerst, weil Jane wieder einmal beweisen wollte, dass du so individuell bist. Flott dem Männe ein ganz originelles Tattoo aus dem Buch ausgesucht, das beim Tätowierungsstudio an der Ecke auslag – »Gottchen, guuute Wahl, du, wird oft genommen.« Doch kaum war die Tinte getrocknet, konntest du deine Jane nur noch von hinten sehen – wie sie mit einem anderen davonging. An dir hängt es nun, eine Schweinekohle auszugeben – für die Laser-OP. Das Geld fehlt dir dann, wenn die Jahreskarte für den Fußball-Club zu zahlen ist oder der neue affengeile Rundum-Grill aus Edelstahl gekauft werden muss.

Tarzans Hygieneschule

Um es deutlich auszusprechen: Tarzan achtete sehr wohl auf sein Äußeres. Schließlich wollte er nicht von seinesgleichen für einen Tiger gehalten werden. Außerdem musste er darauf achten, dass sein Geruch nicht die Beute aufmerksam machte. Deshalb ließ Tarzan regelmäßig die Liane los, wenn er unter sich einen Fluss oder eine Gumpe sah, die von einem schönen Wasserfall geformt worden war. Denn für runde Formen hatte Tarzan ja was übrig. So sprang er in die kalten Fluten, tollte darin herum, wusch sich (ja, auch unter den Achseln und hinter den Ohren) und brüllte dabei, weil er in diesem Augenblick abgelenkt und leichte Beute war, aber nicht als solche dienen wollte. Das Brüllen ist übrigens vielen Männer geblieben, wenn sie die kurze kalte Morgendusche genießen. Das Gebrüll drückt keinesfalls Schauer und Grausen aus, sondern vertreibt eben wilde, gefährliche Tiere aus der näheren Umgebung, die Jane ja auch gleich betreten wird. Heute richtet sich die Abwehr meist nur gegen Schaben und Silberfische, aber die sind ja auch gefährlich, schenkt man Janes Gekreische Glauben.

Manchmal ließ sich Tarzan aber auch in den Pfuhl fallen, der mit grünem Glibber bedeckt war und in dem gefährliche Krokodile hausten. Traf er auf einen der Bewohner, wertete Tarzan das Bad mit einer kurzen Schlacht auf – und brachte auch noch stolz Beute mit nach Hause. Jane belohnte ihren Helden, denn schließlich schenkte er ihr ein Kroko-Täschchen. Als Erinnerung an diese harten Kampftage sitzen bei vielen Männern noch heute die schon erwähnten grünen Plastikkrokodile auf dem Wannenrand.

Ein Mann badet also regelmäßig und mit Wasser. Das war's aber auch schon. Blubbernde Rosenwässerchenkügelchen, die die pflegenden Ölsubstanzen auf der Haut halten sollen (vorausgesetzt, Mann tupft sich nach dem Bad vorsichtig ab und rubbelt nicht), schäumende Bällchen, die ihm nur wenige Sekunden lang den Blick auf die mitbadende Jane verwehren, oder den Kreislauf belastende ätherische Öle sind des Mannes Sache nicht.

Auch war Tarzan peinlichst darauf bedacht, Körpergeruch zu vermeiden. Hatte das Naturdeo im Lauf der arbeitsreichen 120-Stunden-Woche doch versagt und wollte er seinen Geruch übertünchen, griff er zu den guten alten Naturmitteln wie Moos oder Tabak.

Außerdem wichtig für Tarzans Hygiene: kurze Finger- und Fußnägel, kurze Haare, kein Parfüm. All das sind Zeichen der Krieger und Kämpfer: Der Gegner soll keine Chance bekommen, sich in deinen Haaren zu vergreifen. Und nicht umsonst zogen unsere Urahnen die Frauen hinter sich her und nicht umgekehrt. Da Tarzan es gewohnt war, seine Toilette – wie Jane das so schön nennt – auf dem Baum zu erledigen, war auch klar, dass er alles fallen lassen konnte: Fingernägel, Barthaare, Fellreste. Da Tarzan bis heute aus diesem kollektiven Unterbewusstsein schöpft und zudem gerne Arbeitsplätze und Argumente für Putzfrauen schafft, ändert er dieses althergebrachte Verhalten nicht: Schnipp – fliegt der kleine Fingernagel durch die Luft und landet ausgerechnet auf dem Tiegel mit Nagelstärkungscreme (gut dass er Jane gehört und sie ihn nach jedem Benutzen gleich wieder fest verschließt). Mit der Rasierklinge werden die Stoppeln direkt ins Waschbecken (immerhin! naja, meistens) geschabt und der Klamottenhaufen direkt vor der Dusche wächst, ohne Rücksicht auf 30-, 60- und 95-Grad-Sortierung. Die Zeit für die männliche Körperpflege ist ohnehin knapp, denn schon steht Jane in der Tür, um sich ausgiebig zu pflegen und zu cremen, was nur geht, wenn Tarzan nicht im Badezimmer ist.

Ab ins Hamam

Und wenn keine Fußballsaison ist, die letzte Kugel eingelocht und das letzte Bier getrunken, geht Tarzan ins Hamam. Dort trifft er Freunde und den dicken Mann mit dem Palmwedel, der auch der Einzige ist, der ihn damit schlagen darf: Tarzan erinnert sich dabei an die widerborstigen Blätter, die ihm beim Lianenschwingen ins Gesicht peitschten, oder an Äste, die er auf dem brettharten Bauch spürte. Im Hamam gibt es die schlichte Olivenölseife, die die Haut nach Natur riechen lässt. Und nach sonst nichts. Heiße Steine, auf denen ruhig auch andere Männer liegen und ihren Gedanken nachhängen dürfen. Und vor allem: Nie fällt ein Wort zu viel.

Der dicke Mann walkt dich durch, dass es dir für die kommenden Wochen reicht. Die Muskeln sind so locker, dass du wieder jagen kannst und jeden noch so anspruchsvollen Billardstoß hinbekommst. Daran schließt sich ein Besuch beim türkischen Frisör an, der – ganz Mann – nicht ständig daherschwätzt, wie es blonde, geschminkte, aber immerhin vollbusige Friseusen häufig tun: »Und! Wo geht's hin? Im Urlaub?« Einzig ein schlichtes, routiniertes und leises »Wie immer?!« dringt von ihm zu dir und ihr seid zufrieden. Schon nach dem zweiten Mal weiß er, dass du Tee nimmst. Und du weißt, dass die Frage »Koteletts?« nichts mit Essen zu tun hat, sondern nur mit den Haaren vor deinen Ohren.
In Gedanken gehst du in Ruhe die Aufstellung deiner Elf beim Endspiel durch oder denkst darüber nach, mit welchem Werkzeug du den Kabelsalat über dem Spiegel in Ordnung bringen könntest. Oder du erinnerst dich an gestern Abend und an diese Frau, deren Name dir jetzt nicht gleich einfällt. Dir wird wohlig warm, wenn dir zwei winzigen Fackeln die Haare aus den Ohren brennen, die Sache mit den Nasenhaaren wird mit einem kleinen Schnitt sanft erledigt. Eine Hand voll Rasierwasser, mit leichten Bewegungen auf die Wangen geklopft, rundet das Vergnügen ab. Der Rest ist Schweigen.

Tarzans Tipps

Tarzan hat Haare. Überall.

Tarzan rasiert sich mit einer Klinge.

Tarzan trinkt Bier. Jane schüttet es sich auf den Kopf.

Tarzan trägt ein Totenkopf-Tattoo. Oder gar keines.

Tarzan wäscht sich mit Wasser. Bestenfalls mit frischem, kaltem Wasser.

Anpassungsfähig: »Was mag er denn?« – Tarzan geht einkaufen

Doch die unkomplizierte Wahl des praktischen Fellersatzes wird immer seltener. Auch beim Kauf von Nahrungsmitteln sind schnell Grenzen erreicht: Ja, haben wir uns denn nie selbst versorgt? Wer zum Teufel war bei Wind und Wetter stundenlang fischen und jagen? Eben.

Das altbekannte Vorurteil »rein und raus« stimmt ausnahmsweise mal. So sind wir Männer nämlich – beim Klamottenkaufen. Doch die unkomplizierte Wahl des praktischen Fellersatzes wird immer seltener. An ihre Stelle tritt die Demütigung schlechthin:

Fast täglich kann man in den Karstadts und Kaufhofs, in den Herties und sonstigen Bekleidungsgeschäften Szenen wie diese beobachten: Mann betritt Herrenabteilung und sucht ein wenig unschlüssig an den Drehständern mit den reduzierten, bunten Hemden herum. Auftritt Verkäuferin. Sie ist etwa 55, matronenhafte Figur, auffällig geschminkt, dicke, weiße Plastikperlenkette um den Hals, mit der ihre linke Hand ständig spielt. Der rechte Arm liegt lässig auf dem Drehständer.

Sie: »Kann ich helfen?«

Er: »Ääähhmmm. Nein, vielleicht. Also ich suche nach so … wie der Kollege am besten auch für … Aber nicht so teuer.«

Sie: »Da haben Sie Glück. Genau das haben wir gerade im Angebot. Welche Kragengröße haben wir denn?«

Bereits hier müsste er die Krise bekommen: WIR?

Er: »Tja … hmm soo …«

Sie legt ihm das Maßband um den Hals: »So. Da geht also locker … da nehmen wir doch am besten … Sie mögen schon lieber Seide, keine Baumwolle, gell!«

Tiefenpsychologisch gesehen nimmt sie ihn hier schon stellvertretend für seine Jane an die Leine. Das Maßband symbolisiert – nicht nur am Bauch angelegt – die Unterdrückung des Mannes durch die Frau. Sie domestiziert ihn, weist ihm geschickt die Rolle des untergeordneten Haustiers zu. Aber er merkt das nicht einmal. Vermutlich ist er das gewohnt. Armer Hund.

Er: »Humm … ja … also, ich dachte da an was Blaues, fürs Büro und zu Hause!«

Wieso trägt der denn zu Hause Büroklamotten? Blöde Frage, weil SIE das so will. Die Zeiten, in denen er entweder nichts oder wenn, dann den Dress seiner Elf getragen hat, sind lange vorbei. Das tun ja bekanntermaßen nicht mal mehr die hoch bezahlten Profis.

Sie: »Ah ja, bügelfrei also!? Dann nehmen Sie doch das hier.« Sie hält ihm eine harte Plastikpackung hin, in der ein hellgrünes Etwas steckt. Halber Arm! 80 Euro!

Jetzt geht's los, jetzt wird er richtig über den Tisch gezogen.

Sie: »Das ist von Seidensticker!«

Als würde ihm das etwas sagen. Schließlich steht weder in der *Brigitte* (die er zu Hause immerhin durchblättern darf) noch im *Focus* etwas über Herrenhemdenhersteller. Und die Fußballmannschaft, die »Seidensticker« auf ihrem Trikot stehen hat, spielt bestenfalls in der Gay-Soccer-WM mit. Woher soll er die also kennen?

Doch bevor der unglückliche Mann noch selber reagieren

kann, beginnt der zweite Akt: der Auftritt seiner Angetrauten. (Sie kommt leider aus der Schuh-, nicht aus der Dessousabteilung.)

Sie II: (Bereits den Ständer mit den Sakkos durcharbeitend, die zwei Tüten mit ihrer eigenen Kleidung geschickt als Schwunggewichte nutzend, denn da beherrschen die Mädels die Physik!): »Da bist du ja. Hast du was gefunden?«

Sie I (richtete sich erleichtert auf): »Gut, dass Sie kommen. Was mag er denn? Es gibt hier ein herrlich grünes Seidenhemd im Angebot. Das ist für den privaten und den Business-Bereich, also universell tragbar.«

Sie II (während sie ihm entschieden ihre eigenen Einkäufe in die Hände drückt): »Eine Nummer größer. Er trägt's gerne weit. Haben Sie nicht etwas Hellrosanes? Grün steht ihm nicht.«

Jetzt steht ihm sicher gar nix mehr. Und noch nicht einmal der Kamm schwillt dem degenerierten Bürschchen. Hellrosa?! Er steht unglücklich daneben. Ist ja auch wirklich schwierig, mit den Plastiktüten seiner Frau in den Fäusten das eigene Leben in die Hand zu nehmen.

Kürzen wir das Drama ab: In wenigen Minuten wird er mit seinem sauer ranmalochten Geld eine Tüte voller hässlicher Kunstfaserhemden bezahlen, die nur sie in ihrem Gefühl bestärken, wie Victoria Beckham zu sein. Dafür bekommt er immerhin ein paar Punkte auf ihre Dingsbumskarte, die er dann später in einen unaufgepumpten Basketball einlösen kann. Wirklich ein armer Hund.

Erdfarben contra rosa

Schnitt und zurück in den Urwald. Stell dir dagegen Tarzan auf der Suche nach einem neuen Lendenschurz vor: Er schwingt sich am Samstagmorgen fröhlich von Liane zu Liane. Das kann er tun, weil er die Hände frei hat! Er sieht in seinem Revier ein bisschen nach dem Rechten. Da! Auf einmal erspäht er einen prima Tiger, mit viel Fell und großen Tatzen und scharfen Zähnen und bestialischem Mundgeruch und allem. Eine Art Sonderangebot. Nur heute in diesem Revier. Morgen vielleicht schon 20 Kilometer weiter nördlich.

Was tut Tarzan? Nach Jane rufen und fragen, ob ihm Tiger besser steht als Löwe? Ob sie diese Längsstreifen gut findet? Oder ob er doch lieber das Schwarz-Weiß der langweiligen Zebras nehmen soll? Erst gucken, was die anderen Jungs im Urwald diese Saison so tragen? Die von der englischen Kolonial-Fußballmannschaft womöglich? Nein! Niemals. Tarzan sucht sich schnell einen guten Baum, der gegen die Windrichtung steht, springt den Tiger an und macht ihm mit einem einzigen (!) Stich seines Feuerstein-Messers den Garaus. Dann der Tarzan-Schrei zum Abbau des Adrenalins, Kadaver ausnehmen, Fleisch in handliche Portionen zerlegen, Tatzen vergraben, damit Maden das Fleisch schön mürbe machen können. Jane überraschen. Prima Essen, super Klamotten. Jane ist so stolz auf ihren Tarzan, dass sie ihn umgehend ins gemütliche Felllager zerrt. Das freut Tarzan. Alle sind glücklich.

Also: Ein Tarzan geht alleine einkaufen. Dabei gelten natürlich ein paar Regeln. Ein Tarzan kennt zum Beispiel seinen Körper, weiß, was er wie betonen, was er wo vertuschen möchte. Bauchansatz? Kurze Beine, richtig lange Arme? Ein Tarzan kennt seine Hosen- und Hemdengrößen so gut wie die Körbchengröße seiner Frau. Nur in seltsamen Filmen geht nämlich der Held in den Wäscheladen und versucht anhand der Oberweite der Verkäuferin zu schätzen, ob deren Busen größer ist als der seiner Frau oder ob ihrer ihm auch liegen könnte. Und meistens ist die Verkäuferin der Wäscheabteilung ja auch nicht unbedingt eine schöne Hollywood-Eurasierin mit den dunklen, verheißungsvollen Augen, sondern eher eine gewaltige Wuchtbrumme, die aus dem 16. Stock, die im Aufzug nach Schweiß riecht. Ein weiterer Grund, schnell wieder aus dem Laden zu verschwinden und nicht lange rumzumachen.

Tarzan kennt also seine Größen und sucht gezielt danach: Er weiß, dass ihm Erdfarben besser stehen als rosa. Das Argument »bügelfrei« ist für ihn kein Thema. (Wenn Jane die Klamotten aus der Maschine nimmt und nass aufhängt, bügelt sie das später wie von selbst!) Außerdem lässt er sich nur selten von seiner Frau reinreden: Tarzan kennt die zwei, drei Läden, die für ihn infrage kommen. Die werden regelmäßig abgeklappert wie Fallen, die im Wald stehen. Außerdem müssen die ja auch in regelmäßigen Zeitabständen kontrolliert werden. Ist Beute drin? Lebt sie noch? Ist sie schon so lange tot, dass man sie besser gleich hängen lässt und wartet, bis die Natur die Falle säubert? Oder lohnt es sich, das Beutetier in den Sack zu werfen und nach Hause zu bringen? Kurzum: ausgewählte Läden besuchen, eventuell mit dem Verkäufer ein bisschen schweigen, vielleicht mal ein Bier zusammen trinken (mit den Zähnen öffnen – das zeigt, dass man Biss hat, also nicht für rosa Hemden infrage kommt). Solche kleinen Demonstrationen der eigenen Stärke verkürzen so manches Mal ein Verkaufsgespräch.

Hastenichgesehen

Umgekehrt erweisen sich Frauen beim Klamottenkaufen als absolut beratungsresistent – zumindest gegenüber den Ratschlägen desjenigen Weicheis, das ihre neuen D&G-Schuhe mit seiner Kreditkarte bezahlt.

Als wir Männer die Frauen noch auf deren eigenen Beutezügen begleitet haben – also vor der Lektüre dieses Buches –, hätten wir es ihnen doch wirklich jedes Mal gleich sagen können: »Das T-Shirt sieht toll aus. Nimm es. Das ist sogar preiswert. Und modisch. Und es steht dir un-glaub-lich gut. Du siehst aus wie Carrie aus *Sex and the City*, nur besser. Ich bin gleich wieder neu verliebt in dich, wenn du dieses T-Shirt kaufst. Du wirst es nirgends billiger als für diese superreduzierten 29 Euro bekommen. In dieser Qualität. Wahnsinn.«

Sie dagegen hält es geringschätzig mit einer Hand hoch, streicht sich mit der anderen über den flachen Bauch, wie um zu spüren, dass das kurze Shirtchen den süßen Nabel zeigen wird, und kneift ein Auge zu (Sie nimmt es, denken wir Männer, Yep! Bereiten die La Ola vor.). Dann wirft sie noch einen Blick auf Wäsche- (Jedes T-Shirt wird erst einmal gewaschen – auch dieses, wirklich!) und Preisschild (29 Euro. Wirklich. Nimm es!), legt es wieder zusammen und zurück auf den Stapel und sagt wahrhaftig: »Na, mal schauen, vielleicht gibt's ja bei GAP oder New Yorker was Besseres.«

Ja. Vielleicht. Eigentlich erstaunlich, dass die beiden zusammen sind: Vielleicht hätte es an der nächsten Straßenecke oder der übernächsten einen noch besseren Mann gegeben. Und vielleicht wäre der auch noch günstiger und pflegeleichter gewesen. Jetzt beginnt die grausame Odyssee, das Schlingern durch die stürmischen Wogen des Einzelhandels. Rein ins eine Geschäft, T-Shirts kurz durchwühlen, auf andere Frauen spechten, vergleichen. Denen steht das? Jetzt jammern: »Also ICH kann so was ja nieeemals tragen.« Männe muss zustimmen und gleichzeitig beteuern, dass seine Frau viel besser aussieht und eine viel bessere Figur hat und überhaupt viel JÜNGER aussieht. T-Shirt zusammenlegen, nee, das ist nix, nun das Geschäft drüben in der Dingsstraße, dann noch eben in das in der … Straße, die haben immer so tolle … hastenichgesehen. Und etwa zwei bis drei Stunden später folgt der strategische Rückzug in das erste Geschäft. Doch das erste T-Shirt kaufen. Für 29 Euro. So billig. Unfassbar. Einfach toll.

Das hat ein echter Tarzan längst vorausgesehen. Kein Wunder: Tarzan musste immer schon in Sekundenbruchteilen fette Beute identifizieren und sofort zuschlagen. Sonst hätte Jane zu Hause im Baumhaus nix zum Brutzeln gehabt. Das hätte Ärger gegeben. Also stand der Urmann über Jahrtausende hinweg auf Bäumen, hielt Ausschau und entschied blitzschnell: »Das Mammut lohnt sich.« Dieses Verhalten ist uns geblieben. Rein in den Laden, fix die Hosen abchecken, die zwei probieren, die infrage kommen. Eine nehmen, im Zweifelsfall dasselbe Exemplar dreimal. Zahlen. Raus. Dann ein Bier und Fernsehen. Vielleicht eine Runde Billard. Gucken, ob die anderen Kumpels schon fertig sind. Mit welch wirklich wichtigen Dinge sie auch beschäftigt sein mögen: grillen, EM-Videos nach Tor-Differenzen sortieren, Auto putzen – wenn Tarzans Freunde ihre Dinge geregelt haben, wird gemeinsam eine Runde geschwiegen.

So ein Verhalten – über Jahrtausende geübt und verfeinert – legt Mann nicht so schnell ab, nur weil GAP Sonderangebote hat. Für Frauen dagegen – die sich eben jene Jahrtausende in unseren Höhlen oder Baumhäusern rumgedrückt haben nach dem Motto, »Da draußen ist's mir zu anstrengend, ich hab vielleicht genug damit zu tun, deine Gören aufzuziehen, für die du im Übrigen nie Zeit hast« – ja, für die Frauen, die sich jetzt im Schutz unserer Kreditkarten in die feindliche Außenwelt wagen, ist alles da draußen noch neu, spannend und aufregend. Kein Wunder, dass sie vergleichen wollen, probieren und testen. Wie die Bienen, die von jeder bunten Blume Nektar versuchen wollen, hüpfen sie von Geschäft zu Geschäft, von Laden zu Laden. Und kehren doch unweigerlich zum Ausgangspunkt zurück. Und der sind nicht etwa wir. Nein, das ist immer und immer wieder die erste Boutique.

Da sind wir also wieder. Und so einfach, wie wir uns das gerade noch erträumt hatten, geht er dann doch nicht über die Bühne, der wohlüberlegte Kauf des 29-Euro-T-Shirts. Jane ist also wieder im Laden, den sie als Allererstes besucht hat. Schade nur, dass in diesem Moment eine andere Frau das bewusste Shirt nimmt, das letzte seiner Art. Diese Schlampe, zischt deine Jane noch durch die Zähne. Sie – die Schlampe – fletscht die Zähne, drückt das Shirt an die Brust – gar nicht so übel übrigens – wie die Brut, die es zu schützen gilt. Und zischt im schlimmsten Fall ihrem hünenhaften Freund zu, dass sie soeben beleidigt worden sei. Von der da. Und zeigt auf – dich. Du schwörst wieder einmal, das war das letzte Mal, dass du mit deiner Frau einkaufen warst. Denn selbst wenn du's schaffst mitzuhalten – du wirst es ihr nie recht machen können:

»Steht mir das?«

»Ja, Schatz, wirklich.«

»Ach, ich glaub doch nicht.«

Oder: »Soll ich das nehmen?«

»Ja, das sieht wirklich sehr gut aus.«

»Ach nee, da sehe ich ja aus wie Sabine.«

Inzwischen stehst du Armseliger mit drei bis vier Tüten beladen – irgendwas hat sie zwischendurch dann doch noch schnell mitgenommen – wie ein begossener Pudel zwischen den Drehständern, tauschst verständnisvolle Blicke mit anderen Männern, die geduldig vor Umkleidekabinen warten wie sonst nur in der Schlange vor dem Bierzelt. Manchmal huscht einer weg, um »das Gleiche in 36 … oder vielleicht in 38« zu holen. Und du erwartest eigentlich, dass der Kaspar dabei noch schnell eine Pirouette dreht, die Strumpfhosen dazu hätte er ja schon an. Überall ertönt dasselbe Echo im Bass: »Toll, Schatz, ganz prima. Also … das steht dir aber, wirklich schön.«

Und zwei Tonlagen höher schallt es zurück: »Bist du sicher? Ach, ich weiß nicht. Na, ja, vielleicht doch das aus dem ersten Geschäft?«

Da kannst du nur froh sein, dass du da schon wieder gelandet bist. Der Gefangenenchor aus *Nabucco* hört sich dagegen an wie die Freudengesänge der Brasilianer, wenn sie mal wieder die WM gewonnen haben. Und dabei weiß doch jeder, dass es überhaupt nicht darauf ankommt, was wir dazu zu sagen haben, sondern dass nur das Urteil der anderen Frauen zählt.

Nach fünf im Urwald

Tarzan hätte sich nie in eine solche Situation manövrieren lassen. Dass das mal klar ist. Er brachte die Felle nach Hause, aus denen sich Jane dann ihren Lendenschurz und leider irgendwann etwas mehr schneiderte. Oder könnt ihr euch etwa folgende Szene vorstellen? Tarzan und Jane, gemeinsam am Flussufer unterwegs, betrachten die Ware fremdländischer Händler. Diese verdrehen Jane mit einigen »Ciao bella« den Kopf, und schon muss sie unbedingt die hochhackigen Pumps mit den seltsamen Initialen haben. Hervorragend geeignet zum Baumhausreinigen etc. Hätte Tarzan ihr die etwa gekauft? Auch noch im Austausch gegen seine unter Lebensgefahr erbeuteten Tierfelle? Sicher nicht.

Diese Szene muss sich einige Jahrhunderte später abgespielt haben, als die Degeneration der Dschungelmenschen ihren Anfang nahm. Irgendwann jedoch sah ein unglücklicher Nachfahre unseres Urmannes in einem schwachen Augenblick im wahrsten Sinne des Wortes seine Felle davonschwimmen – an Bord eines italienischen Lederwarenhändlers. Und das Ende vom Lied: Seine Frau hatte ein weiteres Argument dafür, dass er in Zukunft auch noch die Beeren sammeln musste, ursprünglich eine ihrer wenigen Aufgaben. »Aber in diesen Schuhen, unmöglich, Darling.«

Muss ich noch erwähnen, dass das Weichei in der Nationalmannschaft der Kolonialmächte als DAS Talent gehandelt wurde? Schönen Dank auch. Nachdem dieser Damm einmal gebrochen war, blieb uns nichts anderes mehr übrig, als die Frauen permanent zu begleiten, um wenigstens den finanziellen Schaden ihrer Einkaufstouren in Grenzen zu halten.

Fährst du, Schatz?

Doch auch mit der letzten Unterschrift in der Fußgängerzone hat das Drama des Tages noch kein Ende gefunden. Weiteres Schlimmeres kündigt sich so schnell an, wie sonst nur die Photonen-Torpedos auf fremde Sternenschiffe zuschießen: »Fährst du heim, Schatz?« So harmlos, so nett, so Jane. Die Frage könnte von Zutrauen zeugen, von Bewunderung. Und doch meint sie etwas ganz anderes. Wahrscheinlich wurde das hinterhältige trojanische Pferd doch nicht von Odysseus und seinen Kumpels gebaut, sondern von einer Frau. Denn diese vermeintlich einfache Frage enthält eine ganze Heerschar von Fallen und Stolperdrähten.

Die erste Granate geht schon hoch, wenn du siehst, wie Jane deinen geliebten Alfa zwischen diesen grausig-grauen Betonpfeiler und den gammeligen gelben Astra gedrückt hat. (Du selbst bist direkt aus dem Büro zu ihr geeilt, sie durfte ausnahmsweise den Wagen nehmen.) Es bleiben dir bestenfalls acht Zentimeter zum Öffnen der Tür, die selbst für den härtesten Waschbrettbauch zu knapp bemessen sind. Dann stockt dir der Atem, wenn du sieht, wie schief er steht. Vermutlich dient das bereits der Strategie »Kauf-mir-lieber-einen-knuffigen-Polo-bevor-ich-deinen-Alfa-verkratze«. Kaum rauszurangieren. Nicht mal mit Servo. Wie hat sie den bloß da reinbekommen? Stellt sich doch sonst so an mit dem Reinkriegen. Dann erkennst du plötzlich, mit rotem Kopf nach wildem Kurbeln, fluchend und schimpfend, deine Chefin, die sieht, dass du deine Chauvi-Karre offenbar mutwillig auf Frauenparkplätzen abstellst. Und dann sollst du noch Jane-Baby zu ihrer wirklich guten Freundin Alex fahren, damit sie ein bisschen Prosecco nippen, ihre Einkäufe ganz kurz vorzeigen und gleichsofortaufderStelle wieder gehen kann. Zwei Stunden später legst du genervt einen Kavalierstart hin und rast – im Übrigen unbemerkt – ohne deine Frau nach Hause. Als sie irgendwann überrascht anruft, hast du »Spiel mir das Lied vom Tod« fast zu Ende geguckt. Und nächsten Samstag steht dir dasselbe bevor. Und an dem darauf auch.

So was macht Tarzan definitiv nicht: Wenn er auf dem Heimweg an seiner Liane noch jemanden mitgenommen hat, suchten sämtliche Mitreisenden automatisch den kürzesten Weg zu ihrem Baumhaus.

Tarzan lässt sich nicht parken

Die Frauen haben das mittlerweile auch gemerkt. Mann kann ja sagen, was Mann will, aber doof sind unsere Girls nicht. Deshalb haben sie sich was einfallen lassen: Kindergärten für Männer würde ich die Dinger nennen, die nun in den Shopping-Tempeln der Frauen den Männern das Leben versüßen sollen. Dort geben die Damen mittlerweile ihre männliche Begleitung ab wie Mäntel an der Garderobe. Merke: Letztere ziehen sie nach dem Einkauf nie mehr an, da sie gerade vorhaben, sich einen neuen zu kaufen. Ich bitte euch: Sind wir so leicht abzugeben? Wirklich? Nein.

Mich erinnern diese Männergärten an die ersten Ikea-Besuche mit meinen Eltern: Bevor sie loszogen, schubsten sie mich in diese Bassins mit den anderen Kindern, zwischen denen noch kleine Bälle schwammen. Ich brauchte zwei, drei Stunden, bis ich mich gegen die anderen Kinder durchgesetzt und den rettenden Ausgang erreicht hatte. Das hat für's Leben gereicht. Also, ich lass mich jedenfalls nimmer abgeben. Was für ein Witz auch: Frau schleppt ihren Mann zu dieser Pseudo-Bar, wo er – ausnahmsweise! – einen *Playboy* durchblättern darf. Womöglich nicht einmal den aktuellen. »Aber nur die Spitzeninterviews lesen«, droht sie noch, »nix angucken«, bevor sie mit seiner Kreditkarte loszieht. Ich hab im *Playboy* noch nie ein Interview gelesen. Hätte Tarzan das etwa gemacht? Und warum hätte Tarzan lesen lernen sollen, wo's doch so viel zu gucken gab?

Sie also stellt ihren Männe (nicht umsonst lautmalerisch recht nahe an »Memme«) an der Bar ab, wo ihn ein gediegener Barkeeper fragt, was es denn sein soll. Eine knapp oder vielleicht gar nicht bekleidete Maid kam für diesen Job vermutlich nicht infrage. Für eine gute Bahia-Zigarre ist selbst ihre durchschnittliche Einkaufsdauer zu kurz, denkt Männe – er soll sich täuschen –, einen Whiskey muss er auch ablehnen, er will den Alfa ja gesund nach Hause bringen. Sowieso ist die Angst, den Führerschein zu verlieren, groß. Die Bilder in der Zeitschrift darf er gar nicht angucken, weil er diese verlogenen Abbildungen der Models in der von Männern dominierten Medienlandschaft ja nicht mit seiner Frau vergleichen soll. Was also bleibt? Eine Runde Karten spielen. (Skat können die anderen Anwesenden nicht, 66 will er nicht.) Der Versuch, Fußball zu gucken, missglückt ebenfalls: Aufzeichnungen sind nicht wirklich spannend. Bis alle Möglichkeiten des Männergartens verworfen oder ausgetestet sind, kommt sie doch tatsächlich schon wieder, gibt ihm einen flüchtigen Kuss, dem Barkeeper ein fettes Trinkgeld und freut sich, dass er ENDLICH mal so richtig Mann sein durfte. Dank ihr, im Übrigen.

Ah. Das kommt mir vor, als würde jemand von einer Brücke in einen tiefen Fluss springen und sicherheitshalber ein Gummiseil am Fußgelenk tragen, damit er sicher zurückgeholt werden kann. Lachhaft. War etwa Tarzan jemals gesichert? Ein echter Mann lässt sich da nicht abgeben. Der ist am Samstagnachmittag im Fußballstadion oder daheim und schaut die Qualifikation fürs Formel-1-Rennen.

Jedenfalls hat ein Tarzan sowieso ein *Playboy*-Abo, den Whiskey im Regal und alle Zeit der Welt für jede Zigarre, die er rauchen will. Am besten am Billardtisch.

Tarzans Tipps

Tarzan geht alleine einkaufen. Jane auch.
Tarzan kennt seine Größen. Jane ihre auch.
Tarzan kennt seine eigenen Boutiquen. Jane auch.
Tarzan lässt sich nicht im Kindergarten abgeben.
Tarzan guckt im *Playboy* Bildchen an.
Wer sich schon Männe rufen lässt, kann gleich die Autoschlüssel bei den Bullen abgeben.

Praktisch: Warum wir im Stehen pinkeln – Tarzans Haushalt

Wir pinkeln im Stehen, weil wir's können. Basta. Wir machen so sauber, wie es nötig ist. Was für Frauen reine Zubereitung von Beute (von uns erlegt) ist, ist für Männer Kunst und Lebensaufgabe: Kochen können wir perfekt – nicht umsonst sind alle großen Köche Männer. Sonst hießen sie ja Köchinnen.

Eigentlich ein kurzes Kapitel, denn: Klar macht Tarzan seinen Haushalt – und zwar so was von fix. Was glauben denn die Frauen eigentlich, wie Tarzan gelebt hat, bevor seine Schöne im Dschungel auftauchte? Verwahrlost und verlaust in einer stinkenden Höhle? Hätte Jane sich dann überhaupt für Tarzan entschieden? Resultiert Darwins Satz denn nicht aus der Beobachtung der Beziehung zwischen Tarzan und Jane? Nur der Gesunde, Schöne, Gutaussehende kann sich in der Natur durchsetzen – sprich, ist bei Jane erste Wahl. Denn nur er verspricht dem Weib, dass er fähig ist, die Brut zu nähren und zu schützen. Also musste Tarzan sein Haus stets sauber halten, dreimal am Tag gesund essen (vorausgesetzt, er saß nicht gerade tagelang im Baum und hoffte auf fette Beute) und sich vielleicht mal in Ruhe vom Kumpel lausen lassen. Eben all das tun, um eine Männer-Singlewohnung oder auch eine Männer-WG in Schuss zu halten. »Iiiiigiiitt«, höre ich da schon den Frauensopran im Hintergrund kreischen, »Männer-WG.« Aus dem Munde der Schönen klingt das ja geradezu wie »StinkenderlasterhafterOrtderOrgienAuftaupizzasundFußballspiele«. Welch Irrtum, Mädels! Kommt doch mal rein. Allein die Männerküche ist ein Wunderwerk der Effektivität: jeder Zentimeter sinnvoll genutzt. Unter dem Spezialkühlschrank für 15 Auftaupizzen etwa passen genau drei Kästen Beck's. Beides steht neben dem Mini-Herd und dem großen Abfalleimer. Genau genommen sind diese Dinge wiederum im Halbkreis um den Tisch herum angeordnet, auf den der Teller montiert ist. Der Stuhl steht so, dass nichts den Blick auf den Flachbildschirm verstellen kann. Links oben hängt noch ein kleines Regal für die rohen Eier. Direkt daneben steht der selbst geschreinerte Schrank aus recycelten Obstkisten gefüllt mit Ravioli-Dosen (aus dem Y2K-Vorrat), Ketchup-Flaschen und einem Salzfass. Der mit dieser ausgeklügelten Einrichtung gewonnene Platz kommt eindeutig der Home-Movie-Anlage zugute: Es wollen ja mindestens fünf Boxen untergebracht werden, damit der Subwoofer den Dolby-Surround auch wirklich optimal rüberbringt. Das Summen der Laserschwerter will schließlich auch der Nachbar mit den Gläsern ohne Kalkflecken fühlen.

Nur nicht übertreiben

Wir wissen also sehr gut, wie Mann sich sauber und gesund erhält. Sonst müssten wir ja alle wie picklige, magenkranke Jünglinge rumlaufen, mit fettigem Haar, nach Rauch und Bier stinkenden Klamotten, Mundgeruch und dicken Ringen unter den Augen. Tun wir aber nicht, jedenfalls nicht immer. Denn nicht einmal von Tarzan konnte man erwarten, dass er nach, sagen wir, drei Wochen im Baum und dem üblen Tigerkampf noch aussah wie gerade frisch in sein niegelnagelneues Fell gehüllt. Wir sind ja keine Drei-Wetter-Tarzans. Mann kann also auch mal stinken und dreckig sein, zum Beispiel nach dem Endspiel. Oder der jährlichen Poker-Partie. Oder dem Quattro-Feature *Alien*. Auch wenn damit die Chancen auf eine uns immer wieder wichtige spontane Paarung mit der Partnerin sinken. Was sein muss, muss sein, im Zweifel muss Jane halt mal verzichten.

Aber dann sind wir auch wieder im Aufräumen ganz groß. Die Zweitgarnitur des St.-Pauli-Dress gehört regelmäßig gewaschen (30 Grad, Feinwaschmittel, damit die Farben länger halten. Jaja!), etwa zum Saisonende hin. Die erste Garnitur mit den mühsamst erkämpften Originalunterschriften selbstverständlich nicht. Die wird aber auch nicht angezogen. Eher angebetet. Ist also nicht so schmutzig. Wie auch, unter Glas?

Großartige Putztage und -phasen im Jahreskreis des Mannes sind: eigener Geburtstag, Weihnachten, Besuch der Mutter und dann noch je nach Lebensabschnitt Prüfungsvorbereitungen, Besuch des Chefs und Steuererklärung. Hat ein solcher Putztag erst einmal begonnen, folgt alles einem genauen Plan, den Tarzan im Kopf festlegt, optimiert und anschließend ausführt. Geradlinig und direkt – so wie der Schwung mit einer Liane immer von einem Punkt auf der kürzesten Linie zum gegenüberliegenden führt. Als beispielhafter Gedankengang in diesem Zusammenhang könnte der folgende gelten: »Wenn ich schon das Handtuch nach dem Rasieren in der Hand habe und es um des Blutes Willen in die Wäsche tun will, kann ich auch gleich das Waschbecken putzen. Und auf dem Weg zum Wäschekorb den Fernseher. Dann noch fix den Staub von dem wirklich schönen Schwiegermutter-Porträt gewischt.« Die Optimierung setzt ein, wenn die ersten Tropfen vom Kalklöser (Waschbecken!) Pfützen auf dem Parkett bilden: »Oh, super, da lohnt es sich, den Boden zu feudeln.« Und dann wird der Plan gnadenlos ausgeführt. Hart. Hammerhart. Der Eimer mit dem Wischwasser bleibt selbstverständlich stehen, bis er ein weiteres Mal genutzt werden kann, etwa wenn einer von Tarzans Kumpeln eine Flasche Bier umschüttet. Das Handtuch hat den Weg logischerweise noch nicht in den großen Wäschekorb »mit allem«, also mit 30-, 40-, 60- und 90-Grad-Wäsche sowie sämtlichen Verschmutzungsstufen und Wäschefarben, gefunden, da seine Ressourcen zu diesem Zeitpunkt nicht sinnvoll und restlos aufgebraucht wurden. Jetzt die Waschmaschine laufen zu lassen ist unökologisch und unökonomisch: Tarzan weiß seit jeher, dass es in der Natur gilt, alles wieder zu verwerten und nichts verkommen zu lassen. Außerdem hat Tarzan die Welt von seinen Enkeln nur geborgt. Voreiliges Waschen ist damit völlig indiskutabel.

Auch dieses Verhalten ist für Jane schwer nachvollziehbar. Sie verbrachte ihre Tage einsam im Baumhaus, blies da mal eine alte Tigerkralle weg, die vom Abendessen übrig geblieben war, rubbelte dort mit dem Lederlappen Talgreste und Ruß vom Felsvorsprung oder schaufelte das Abfallloch zu. Da sie alle Zeit der Welt hatte –Tarzan war ja beim Arbeiten, die Freundinnen ausnahmsweise mal in ihren Baumhäusern –, konnte Jane jederzeit ihre Arbeit unterbrechen, vergessen, wo sie war, und etwas anderes beginnen. Dieses archaische Verhalten zeigt sich heute noch, wenn Jane beim Zähneputzen gleich den Spiegel sauber wischt: Da weiß die linke Wischhand kaum, was die rechte Putzhand gerade tut. Oder wenn sie während des Telefonierens in der Wohnung herumspaziert und Staub wischt. Lila-Latzhosen-Trägerinnen versuchen, uns dieses Mängelverhalten heute als Multitasking zu verkaufen.

Allein die Fülle der anstehenden Putztermine zeigt, wie häufig der Mann seine Wohnung gründlich säubert. Das haben wir Männer ja auch bei der Armee gelernt: Sicher werden im Nachhinein die Sauforgien mit Stripperinnen häufiger kolportiert.

Aber die Erinnerungen an die herrlichen Stunden des geselligen Flickens grüner Uniformhemden, des Reinigens der öligen Gewehrläufe, des liebevollen Zusammenlegens sämtlicher Hemden kann uns keiner nehmen. Eine solche Schule hat Jane niemals besucht. Nie hat sie einen verstaubten Ausbilder am Freitagnachmittag am Mundgeruch erkennen müssen, nie ist sie von Felsbrocken traumatisiert worden, die sich auf Spindschränken oder -böden zu wahren Bergen aufgetürmt haben. Denn wir Männer sind von Feldwebeln geprägt, die aus jedem Staubkorn, das sie beim Stubendurchgang zu sehen glaubten, mindestens das Riesengebirge machten. Nein, Jane saß derweil auf dem Sofa und debattierte mit Muttern über den Bügelzusatz aus der Dose, der das Eisen von selbst über den Stoff jagt. Aber jetzt die Klappe aufreißen!

Was Tarzan allerdings in der Tat nicht für nötig hält, sind antibakterielle Mülltüten, neun verschiedene Reiniger für das Bad (und vier für die Toilette), nach jedem leichten Mairegen Fenster putzen, Heizungszwischenräume vor und nach dem Winter entstauben, Handtücher nach jedem Gebrauch waschen, trocknen, bügeln, Bettwäsche nach jedem Nieser wechseln. Schließlich bedeutet das ja auch noch waschen, trocknen, bügeln, einsortieren. Sie sagen zwar »wechseln«, aber in Wirklichkeit reicht ihnen das ja gar nicht. Außerdem verzichten wir auf das Bügeln der Unterwäsche (einzige Ausnahme: diese rattenscharf-roten Strapse. Die sind an ihren Schenkeln zwar immer schön prall und ausgefüllt, aber gebügelt liegen sie noch enger an. Echter Unter-uns-Männer-Tipp! Die kann sie jedes Mal bügeln), Oberkante der Bilderrahmen abstauben (auch wenn wir dadurch den prima Foto-Akt im Schlafzimmer mal wieder zu sehen bekämen) und Küchenregale einmal die Woche wischen (wegen des Fettgeruchs – tsss), Fliesen schrubben, bis ein glatzköpfiger Fremder mit verschränkten Armen darin erscheint. Zugegeben, das liefe ganz anders, würde in den Kacheln die bezaubernde Jeannie auftauchen – je mehr er schrubbt, desto weniger hat sie an. Aber für 'ne Glatze? Nö. Die könnten wir ja jeden Morgen sehen, würden wir den Spiegel regelmäßig putzen.

Auch übers Klo fahren wir mal mit dem Lappen. (Nicht mit dem fürs Waschbecken. Logo. Der ist ja blau, der fürs Klo ist sinnigerweise gelb und liegt hinter dem Klo.) Wir mögen diesen etwas strengen Geruch der Bahnhofsklos und düsteren Durchgänge auch nicht besonders. Schließlich erinnert dieser leicht beißende Salmiakgeruch wahre Männer an Tiger und anderes wildes Getier: Dann schütten wir automatisch massenhaft Adrenalin aus und wollen Beute machen. Da es aber mit ziemlicher Sicherheit auf dem heimischen Klo keine Tiger mehr gibt, wollen wir auch nicht ständig stimuliert werden. Der Geruch ist aber auch nicht das Missing Link für die »Daneben-pinkelnde-Männer«-Theorie: Sonst müssten Klos in Frauen-WGs ja geruchsneutral sein. Sind sie aber nicht. Ganz. Sicher. Nicht.

Tarzan steht seinen Mann

Wir pinkeln im Stehen, weil wir es können. Basta. Alle Versuche, uns in die Knie zu zwingen, enden unweigerlich mit Impotenz. Das ist medizinisch bewiesen, Jungs! Könnt ihr euch etwa vorstellen, wie Tarzan sich hinter einen Baum hockt und pinkelt? Verschämt und klein? Und der Tiger

a) unbemerkt vorbeistreicht und dann erst in sechs Wochen wieder zurückkommt, Tarzan also weitere sechs Wochen auf dem doofen Baum hocken muss? Nur weil er im falschen Augenblick verschämt darunter hockte?

b) sich anschleicht, Tarzan ihn nicht, Tiger aber Tarzan sieht und ihn gleich anfällt, wo er doch schon so schön als Häppchen, als erste Roulade der Küchengeschichte geradezu, auf dem Boden sitzt? Und Tarzan kommt nicht an seinen Feuerstein-Dolch, weil der irgendwo unter dem Fell zwischen den Knien … Moment … abschütteln. Prankenschlag. Ende eines Heldenlebens. Schade.

Mann behält also sicherheitshalber auch beim Pinkeln die Umgebung im Auge: Beute in Sicht? Feinde, die Jane etwas anhaben wollen? Aliens aus dem All? Wir scannen die Umgebung – koste es, was es wolle. Selbst wenn wir den Blick dafür auf den Hintern dieser Blondine lenken müssen. Er könnte ja eine Bedrohung für Jane darstellen (wenn sie wüsste, wie ernsthaft). Erst wenn wir abschätzen konnten, ob dem so ist, lassen wir die Augen weitergleiten.

Der Versuch, uns mittlerweile mittels Aufklebern und anderen miesen Methoden wie Klobrillen-Warn-Töne in die Knie zu zwingen, ist ein Zeichen für den enormen, aber bislang unterschätzten Druck, unter dem wir Männer stehen. Nicht einmal beim Pinkeln können wir entspannen. Außer in den wenigen Kneipen, in denen diese Fußball-Urinale hängen. Ein genialer Mann hat den Spieltrieb des Mannes mit dem Stehzwang kombiniert. Heraus kamen grasgrüne Plastikmatten in den Pinkelbecken, auf die im hinteren Drittel ein kleines weißes Tor montiert ist. In ihm hängt ein winziger Ball, den es mittels des Strahls ins Tor zu kicken gilt. Das ist ein Stück vom Paradies. Und allein schon ein Grund, ein weiteres Bier zu ordern. Beim Schätzchen mit der Schürze.

Es sind die ersten eminent wichtigen Erlebnisse der Mannwerdung, wenn der Sohn zum ersten Mal mit dem Vater im Stehen pinkeln darf. Das bringt ihn einerseits seinem Geschlecht näher und unterscheidet ihn andererseits von der Schwester, die das nie bringen kann. Eine Art archaischer Aufnahmeritus in der zivilisierten und von Ritualen entfremdeten modernen Welt. In einer Welt, die ansonsten nur noch reich an doppelnamigen Kindergärtnerinnen und Volksschullehrerinnen ist, die den Knaben gleich das Sitzpinkeln beibringen. Deren Wut auf uns vom Schicksal begünstigte Männer mit jeder Antiglobalisierungsdemo steigt, auf der sie durch kilometerlange Schlangen vor der einzigen Damentoilette zu strategischem Trinken und Planen gezwungen werden und dabei mit ansehen müssen, wie hunderte von fröhlich schweigenden Männern einfach im Nachbarraum ein- und ausgehen. Und dabei noch die schönen Zeitungsseiten lesen können, die wohlmeinende Männer-Wirte in Augenhöhe über den Pinkelbecken aufgehängt haben. In einer Welt, die ansonsten aber arm ist an wirklichen Herausforderungen, die aus braven Jungs wilde Männer machen. Und solche will Jane ja auch haben, seien wir doch mal ehrlich.

Doch immer häufiger versuchen verzweifelte Emanzen und andere Irregeleitete, dieses wichtige und typische Verhalten selbst an geschundenen Partnern im hohen Alter ab 20 Jahren noch zu ändern. Vereinzelt ist mir sogar jüngst von Männern berichtet worden, die mit verbundenen Augen durch die Städte tappen: Ihre übermächtigen Frauen wollten verhindern, dass seine Augen den Weg zum Knackarsch der brünetten 20-Jährigen finden. Was sie sicher dennoch haben, da dies zu den grundlegenden Fähigkeiten der wahren Männer gehört. Diesen Weg finden Männeraugen immer. Tarzan stellt zwar jedes Mal fest, dass Janes Hintern einfach der allerschönste ist. Doch das muss sehr oft wieder bewiesen werden, so wie Jane locker siebenmal am Tag hören kann: »Ich liebe dich wegen deiner unglaublichen Augen.« Aber genauso wie

Tarzan sich nicht mit verbundenen Augen durch den Dschungel schwingen könnte, würde er niemals im Sitzen pinkeln.

Geben wir unseren Genen nach, stehen unseren Mann und tun es im Stehen, bekommen wir's mit neiderfüllten Emanzen und Quarktaschen zu tun, die rosa Löschpapier um unser Klo herum verteilen. Pinkeln wir im Sitzen, setzen wir Jane der Gefahr unserer Impotenz und uns der Gefahr ganz allgemein aus (Beute verpasst, vom Tiger verspeist oder von Alienschleim beglibbert). Deshalb: nie im Sitzen, niemals. Wir pinkeln im Stehen, weil wir es können.

Tarzans Tischgebet

Natürlich kochen Männer. Mit Betonung auf kochen. Frauen hingegen halten sich zwar bevorzugt in Küchen auf, kochen aber nicht. Sie machen aus jeder Mahlzeit ein Drama.

Erster Akt: ausgewogener Saison-Salat

Zweiter Akt: Tofu auf Vollkorn-Brötchen-Basis

Dritter Akt: Cremetörtchen aus Magermilch

Orchestriert wird die Aufführung vom Blubbern des Ozons, das massenhaft in dem schmackhaften superkohlensäurehaltigen Mineralwasser zu finden ist, das arme Seemänner aus den entferntesten Regionen der Erde eigens heranschiffen müssen. (Und dann beschweren sich die Mädels, wenn wir auf das Blubberwasser reagieren und ein Bäuerchen verdrücken.) Wasser vom Mineralbrunnen vor den Toren der Stadt zu holen ist den Janes heute ja nicht mehr abenteuerlich genug. Demnächst wollen sie als Liebesbeweis vermutlich rötliches Marswasser auf dem Tisch sehen. Vielleicht wünschen sich die Mädels das Exotische aber auch, weil sie in jedem Tropfen des reinen Wassers das Salz des Schweißes und der einsamen Tränen jener Männer schmecken, die es geholt und abgefüllt haben. Tarzan hingegen will fremden Männerschweiß nicht wirklich schmecken. Deshalb tut es für ihn das Wasser aus dem Getränkemarkt von umme Ecke oder einfach eine Flasche Bier.

Jane macht also aus allem ein Drama, setzt noch auf das Stückchen Biofleisch ein winziges halbes Cocktail-Tomätchen, stäubt Petersilie über die Kartoffeln und macht den Salat mit einem Öl aus russischen Walnüssen an. Genau nach Großmutters Rezept aus Ostpreußen. (Von Tschernobyl hat sie natürlich noch nie was gehört.) Wenn er das dann nicht mindestens zehn Minuten lang zu würdigen weiß, ist bei ihr gleich Feuer unterm Dach. Im Lauf der Jahrhunderte erfanden schlaue Männer strategisch geschickt das Tischgebet, das sich ritualisiert verkürzen ließ und den männlichen Spender all der leckeren Nahrungsmittel wieder in den Vordergrund stellte. Doch in diesen unheiligen Zeiten ist es leider wieder aus der Mode gekommen. Vielleicht von ungeweihten Priesterinnen verboten. Heute sind die Lobpreisungen in erster Linie der eigenen Frau gewidmet, in zweiter allen anderen Frauen, die irgendwie an diesem Rezept teilhaben. Mit Ausnahme von seiner Mutter, denn die kann »natürlich nicht« besser kochen als Jane.

Und diese Lobpreisung jeden Tag zu jeder Mahlzeit. Kein Wunder, dass der zivilisierte Mann Kantinen, Currywurst und Döner erfand. Wieder stoßen wir auf die Türken, die ja als die Könige des Fastfoods gelten, auch wenn die Amis deutlich dicker sind. An jeder Straßenecke verkauft in Istanbul ein von zu Hause geflohener Türke seinen Leidensgenossen etwas Leckeres zu essen. Nahrhaft, schnell, schweigend. Bestenfalls schallt das »Zwei Sechser, drei Neuner!« nach hinten in die Garküche. Außer einem freundlichen »Dankeschön« muss Tarzan nichts sagen. Und er wird satt. Sehr satt sogar.

Dass Tarzan das mag, ist kein Wunder. Sitzt er doch tagein, tagaus auf dem Baum und hält nach dem Tiger Ausschau: Er riecht, er hört, er sieht ihn irgendwann. Nach Tagen des Leidens und Darbens, des Träumens von gebratener Tatze, Lende und Zunge, also mit einer satten Überproduktion Säure im Magen erspäht er die potenzielle Beute. Tarzan greift an. Der mörderische Kampf tobt brutal. In Bruchteilen von Sekunden gilt es hunderte von durchdachten Einzelentscheidungen zu treffen. Jede einzelne kann – wenn falsch – zum Tod durch Pranke führen. Er aber schafft es. Wieder. Schleppt die Beute nach Hause. Verwundet. Zerkratzt. Stolz. Mit Unmengen an Magensäure im Bauch.

Jane: »Hallo, Schatz. Habe heute mal einen vegetarischen Tag geplant. Holst du noch eben Schnittlauch?« Nein. So nicht.

Oder sie bereitet immerhin das Fleisch zu, trommelte aber erst mit ihrer Mutter, holt dann die Petersilie selbst. Doch bevor Tarzan nach Tagen des Wartens endlich seine Zähne in das Selbsterlegte schlagen darf: die ausgiebige Lobpreisung. Was Wunder, wenn er längst beim Türken »Einmal mit allem. Ja, auch mit Salat. Ja, auch mit Knoblauch. Ja, auch mit Scharf« bestellt hat.

Tigertatze glasiert an Beutereis

Anders in grauer Vorzeit: Wenn Tarzan nach Hause kam, musste das Essen auf den Tisch, und zwar pronto. Da war keine Zeit für langes Zubereiten, für vitaminschonendes Vier-Stunden-Garen bei energiesparenden 30 Grad und Umluft. Unter Männern hat sich eine reichhaltige, fantasievolle Kochkultur zwischen rohem Ei (geschlürft), Ravioli und Auftaupizza entwickelt, die ihresgleichen sucht. Die meisten dieser Tarzan-Gerichte sind bierkompatibel, schnell zubereitet und überaus nahrhaft. Sie sind mit einer Hand auf eine Gabel aufspießbar (die Rechte ruht auf der Fernbedienung), gewinnen durch interessante Gewürze wie Ketchup oder Salz und lassen sich prima aufwärmen. Selbst die Bundeswehr nahm sich ein Vorbild und verfeinerte diese Technik, die in der Erfindung des leckeren Epas gipfelte, der begehrten Einmann-Ration im optisch ansprechenden Goldpack.

Doch es geht auch anders: Saß Tarzan nicht lauernd im Baum, bedeutete das, er hatte Beute. Schön eingelagert im sauberen (Ja! Selbst gereinigt. Jane muss mal wieder palavern) Baumhaus, die Tatzen vergraben (Ja! Wegen der Maden!). Häute köcheln langsam mit den Knochen auf dem großen, gemütlichen Feuer zur Super-Suppe, ein leckerer Geruch von Fett und Fleisch durchzieht den Dschungel – zur Mahnung und Warnung an alle fiesen Raubtiere, die es sich in Tarzans Revier gemütlich machen wollen. Jetzt ist die Zeit, wegzugehen von den schnellen Gerichten. Jetzt sind Starköche gefragt, die die Spezies Mann ja so vielfältig hervorgebracht hat. (Wie viele Sterne-Köchinnen gibt's denn, Jane? Naaaa? Hmmm?) Denn nun beginnt das Experimentieren, das Forschen und Versuchen, das huldvolle Anreichern von Fonds und Suppen, das Dünsten und Braten, das Tranchieren und Glasieren. Und am Schluss ist das Festmahl angerichtet von ihm, der nun selbst tagelang in der Küche stand, um dem Tiger zu seiner letzten Ehre zu verhelfen, auf dass er lang in Erinnerung bleiben möge. Das ist Respekt vor der Beute und der Natur.

Rosa-russisches Klopapier

Die moderne Jane dagegen ist – wie so oft – damit beschäftigt, mit der neuen auf den Markt geworfenen Essigessenz auf Bio-Zitronen-Basis den Eingang zu schrubben. Und dabei trägt sie leider nicht den einen Lederlappen um die Hüften, sondern wedelt ausschließlich mit dem Putztuch herum. Tarzans Jane konnte dagegen nur mit Wasser putzen. Und das war gut so. Wo hätten denn die zahllosen Putz- und Reinigungsmittel untergebracht werden sollen? Der traditionelle Ort unter der Spüle ist längst gefüllt mit speziellen Kalklösern auf unterschiedlichsten Basen, Teppichreinigern, Gummirubbern mit Diamantstaub aus der Raumfahrttechnik. (Ja, glaubt ihr denn, die Jungs in der ISS putzen nur samstags? Die machen mal eben die Luke auf und aller Schmutz … zisch … wird herausgesaugt in die ewigen Weiten des Weltraums, genauso wie weiland Super-Weib Sigourney Weaver das grässliche Alien entsorgt hat. Und dann träumt ihr bei Sternschnuppen von silbergewappneten, reitenden Prinzen. Dabei verglüht gerade gebrauchtes, einlagiges russisches Toilettenpapier.) Mittlerweile gibt's ja so viele Putzmittel, dass Mann schier anbauen muss. Wie hätte Tarzan das tun sollen? Mal eben eine kleine Nebenhöhle in die Wand klopfen? Die verstopfen doch immer so schnell. Eine zweite Ebene ins Baumhaus einziehen? Damit dort die Kokosbesen besser aufgehängt werden können? Aber nicht doch. Es ist ja schon so sauber in den Küchen, dass wir wieder mühsam kleine Bakterienkolonien ansiedeln: Sonst droht Sohnemanns Immunsystem mit Kollaps.

Und bei dieser vollkommenen Spezialisierung der Reinigungsmittel sollen wir noch durchblicken. Wir sind doch schon Spezialisten im Beutemachen: Harren tagelang auf den höchsten Bäumen aus und fällen sie anschließend, bauen die tollsten Fallen, erlegen die wildesten Tiere, laufen tagelang durch den Urwald, immer auf der Suche nach den kleinen Leckerlis, die Janes so lieben. Parken ein und suchen uns jetzt auch wieder die Hemden selbst aus. Jedenfalls die meisten von uns. Und zurück zu Hause singsangt der Frauenchor: »Lass dein verlaustes Fell draußen. Ich hab gerade frisch gefegt. Und reib doch mal die Felswand sauber, da haben deine besoffenen Kumpels wieder diese schrecklichen Jagdszenen hingepinselt. Was sollen denn unsere Nachmieter denken?« (Eine kurze Schweigeminute für die Archäologen des fünften Jahrtausends ist an dieser Stelle angebracht.) Und greifst du dann beherzt zum Essigreiniger, gibt es gleich den nächsten Rüffel: »Aber doch nicht den. Kannst du denn gar nichts richtig machen?«

Sieger im Überlebenskampf

Doch: Jagen, Beute machen. Und dann ist auch gut. Vielleicht noch mit der spitzenmäßig gepflegten Black & Decker mal eben in acht Minuten 14 Sekunden (inklusive Kabel-Aus- und -Einrollen) das Gewürzregal in den superharten Beton der Küchenwand dübeln. Im Zweifel auch kopfüber und direkt unter die Decke. Oder den Palm neu konfigurieren. Oder mit den Stadtwerken streiten. Oder den billigsten Handyanbieter raussuchen. Aber das ist ja selbstverständlich. Und: Saubere Scheiben sind uns auch wichtig. Vor allem kurz vor dem Endspiel muss der Fernseher 1A in Ordnung gebracht werden. Oder hat etwa mal jemand Staub zwischen den exakt geordneten DVDs gesehen? Geglaubt, die Zigarrenbinden-Sammlung sei nicht gepflegt? Also bitte. Außerdem putzen wir regelmäßig die Autoscheinwerfer: So passiert Jane nichts in den wenigen dunklen Nächten, in denen sie ausnahmsweise allein unterwegs sein darf. (Etwa beim Endspiel. Oder beim Junggesellenabend. Oder wenn seine Mutter kommt.) Und wenn Tarzan schon wegen ihr die Schweinwerfer wienert, putzt und versiegelt er auch gleich fix den Unterboden, bringt den Lack eben auf Vordermann und saugt den Wagen schnell aus. Den Kofferraum auch.

Der Billardtisch ist ebenfalls immer tipptopp in Ordnung: Kein Stäubchen soll es wagen, das Grün zu verunzieren – allein dafür gibt's ja diese schönen Akku-Handsauger, die es zum Kaffee dazu gibt und die in keinem guten Haushalt fehlen sollten. (Unter-uns-Tipp von Mann zu Mann: Schenk ihn deiner Frau zum Geburtstag. Bringt dir Pluspunkte und macht den Billardtisch sauber.)

Und die akkuraten Linien rund um das Fußballfeld muss ja auch wer ziehen, und zwar immer wieder und verlässlich. Tarzans verjagen außerdem die teuflischen Riesenspinnen aus dem fiesen Netz über dem Bett. Und wir saugen sie beileibe nicht auf, sondern sammeln das Monster mit der bloßen schwieligen Hand ein und bringen es so weit weg, dass es nimmermehr nach Hause findet, sondern eher einem süßen Singvogel als Beute dient. Aus dem Staubsager kommen sie – lasst euch das gesagt sein, Frauen – nämlich immer wieder herausgekrabbelt. Es lohnt sich, nach dem Wegsaugen den Staubsauger mal im Auge zu behalten und zu stoppen, wie lange das liebe Tierchen benötigt, um wieder ans Tageslicht zu kommen.

Aber machen wir etwa viel Aufheben von unseren Heldentaten? Rufen wir deshalb unsere Väter an? Diskutieren wir die beste Technik? Nein, natürlich nicht. Diese Geheimnisse des Männerlebens werden seit Generationen von Mann zu Mann im kollektiven Unterbewusstsein weitergegeben. Seit einigen Jahrzehnten sogar in vertraulichen und geheimen Heimwerkerbüchern, deren Weisheit sich nur Männern offenbart. (Jetzt auch als CDs, deren Weisheit sich allein deshalb nur den Männern offenbart, weil Frauen sie gar nicht richtig starten können.)

Woher soll Jane denn auch wissen, wie man eine Säge richtig pflegt? Am Ende klopft sie noch die Zähne gerade. Sonst könnte er sich ja dran verletzen, wenn sie nach rechts und links wegstehen. Oder wie man Windows installiert? Oder den Akku der Schlagbohrmaschine auflädt? Doch Janes Schicksal war uns nie egal. Deshalb haben wir so tolle Dinge erfunden wie den Staubsauger ohne Filtertüten. (Jane muss nicht wechseln, wir ihn nicht rausbringen.) Oder prima Bügelmaschinen, mit denen sich das Hemdenbügeln beim Telefonieren erledigen lässt.

Und wir stellen auch gerne die 19-jährige Haushaltshilfe ein, die so gerne modeln würde. Um ihre zarte Haut nicht zu gefährden, darf sie über den halterlosen Strümpfen auch ausnahmsweise ein weißes Schürzchen tragen und das helle Blondhaar mit einem kessen Häubchen schützen.

Solche Dinge tun wir – unbeachtet von der Weltfraulichkeit, aber ständigen Vorwürfen ausgesetzt. Dafür verrät uns der Rosa-Beckham (der Mann, der sich sogar kaputte Hosen andrehen lässt – Jeans mit Riss, neu gekauft, ha!) und schreit das Weibsvolk auf: »Macht den Haushalt, Jungs!« Was denn noch? Kinder gebären und säugen?

Tarzans Tipps

Tarzan pinkelt im Stehen, weil er es kann!

Männer werden erst dann wieder putzen, wenn statt des Glatzkopfs eine Miss Universum ohne was an auf den sauberen Kacheln erscheint!

Drei-Wetter-Tarzans überleben maximal drei Stunden im Dschungel!

Tarzan frühstückt auch Döner mit allem. Ja, sogar mit Scharf.

Überlegen:
Der Alfa 156 – Tarzans Auto

Von wuchtigen Hummern, Mantas und 500-PS-Autos, die Männer über die Autobahn katapultieren. Was machen die internationalen Autobauer richtig gut und was geht eigentlich gar nicht? Männer fahren Auto, parken ein und geben Sicherheit, Frauen sollten Beifahrerinnen bleiben.

Autos sind Männersache, und das von jeher: Die alten Schwaben Diesel und Benz waren Männer, Porsche war ein Mann, Ford machte das Auto allen zugänglich, selbst der kriegserfahrene General Motors war ein Mann. Die Technik der Fortbewegung lag immer fest in männlicher Hand: Wer schwang sich denn von Liane zu Liane? Eben. Tarzan. Und wer war das plappernde Anhängsel an seiner breiten Schulter, quasi die erste Beifahrerin der Geschichte? Genau! Jane. Hätte Jane es sich jemals herausgenommen, Tarzan direkt ins Ohr zu brüllen: »Achtung! Schimpanse von links!«? Nein. Oder: »Nimm doch lieber die Liane da rechts, die führt uns an dem romantischen Wasserfall vorbei.« Oder hätte Tarzan ihr je die Navigation überlassen, nur um dann zu hören: »Links LIIIIINNNKKKSSS. Oder, wart mal kurz, doch rechts, ähh, warte doch eben mal KURZ, NEIN, jetzt sind wir dran vorbei, weil du auch immer so rasen musst!« Sicher nicht. Stattdessen schmiegte sie sich möglichst aerodynamisch an seine breiten, gebräunten Schultern, spürte seinen trainierten Körper beim Umgreifen und lauschte dem Surren des Schwungwindes, der durch ihr langes, wehendes Haar fuhr. Und vertraute ihrem Tarzan.

Nach den Lianen kamen gezähmte Pferde, wo sich die Janes hinter ihre Reiter schwangen, die mal in silberner Ritterrüstung, mal in lederne Cowboymontur gewandet waren. Damals spürten die Janes noch die pure Kraft und gaben sich im tiefen Vertrauen auf SEINE Reitkünste dem Getrappel der Hufe und dem Dröhnen der Pferdestärken hin. Die liegt uns nämlich im Blut. Um den direkten Vergleich zu haben, bestehen Männer bei Fahrzeugen bis hin zur Queen Elisabeth II. auch nach wie vor auf der PS-Nennung. 157 000 PS – eine Zahl, die Mann sich vorstellen kann. Was soll das denn in kW sein?

Pferdestärken erzeugen sofort das Bild einer riesigen, wilden Mustangherde vor dem inneren Auge, die er jagt, einfängt und zähmt. Im Fall der Queen Elisabeth II. also eine Herde von rund 157 000 Mustangs. Yeeaaahhh … die kommen gut!

Voller Einsatz

Später begannen die ersten todesmutigen Helden damit, ihre wilden, stampfenden Dampfmaschinen auf rollende Untersetzer zu bauen, der eine oder andere ließ bei den damit verbundenen und durchaus üblichen Explosionen tapfer sein Leben – die ersten Verkehrstoten. Aber Männer waren immer bereit, ihr eigenes Leben auf dem Altar des Fortschritts darzubringen. Dafür, dass es Jane nun schneller vom Waschplatz zurück in unser Bett schaffte, war uns jeder Versuch, jedes Opfer recht.

Die Technik entwickelte sich aus den Dampfmaschinen – eine Errungenschaft, die bis heute in Form dieser herrlich pittoresken Miniausgaben in den Spielzimmern von Männern fortlebt. Allein das Einlegen des Esbit-Würfels! Und wie praktisch diese Maschinen dann unter Zischen und Plätschern so wichtige Arbeiten übernehmen wie das Zersägen eines winzigen Stückes Holz. Toll. Jane hatte dafür nie Verständnis.

Doch noch immer war klar, wer die Liane und später das Steuer der mit Dampfmaschinen betriebenen Gefährte in den kraftvollen Händen hielt: Tarzan. Jane blickte bestenfalls begeistert auf die krachenden, spuckenden und stöhnenden Maschinen, die auf den Straßen vorbeizogen, neugierig und applaudierend. Sie wäre damals nie auf die Idee gekommen, dem alten Benz vom Straßenrand aus zuzurufen: »Kupplung! Kupplung kommen lassen.« In diesem Fall hätte er vermutlich sein erstes Vehikel auch nicht »Mercedes« genannt. Vielleicht hätte er dann Karl-Heinz gewählt oder Wilhelm, damals sehr beliebte Vornamen. Dann würde der Wagen heute Wilhelm Benz heißen. Und die Werbung vielleicht: »Wilhelm, der gute Stern auf allen Straßen.«

Zurück zur Entwicklungsgeschichte des Autos. Kriege kamen und gingen und trieben vor allem die Technik voran. Die Autos wurden besser, und nach dem Krieg schenkte uns das Wirtschaftswunder wunderschöne Fahrzeuge: den Maserati Mistral Spyder oder den Mercedes Benz 230 SL (ohne Klapp-Stern!). Manta und Capri als Sportwagen für alle aus dem Ruhrpott verließen die Fließbänder, der Ur-Landrover krabbelte wie ein Einzeller aus der Technik-Suppe und begründete nicht zuletzt auf dem Festland einen riesigen Clan. Der Jeep blieb gleich in ganz Europa, wo er ja nun schon mit so viel Mühe angekommen war. Audi machte später BMW Beine, VW ließ seine mehr oder weniger schicken Fahrzeuge unter falschen Namen in Spanien und Tschechien nachbauen. Die Welt schien in Ordnung. Und immer war klar: Er fährt. Er weiß, wo's langgeht. Er bändigt die immer größere Zahl purer Pferdestärken locker mit einem lässigen Wippen des rechten Fußes, beobachtet kritisch, wie mit jedem Tick der Zeiger der Tankuhr bebt, hört das Röhren und Blubbern der Ventile und Kolben. Er parkt ein. Er erinnert sich sogar noch, wo. Jane konnte in der Zwischenzeit den Picknickkorb bewachen und Flora und Fauna der vorbeiziehenden Landschaft bewundern und lobpreisen. Sich voller Vertrauen an ihren Tarzan schmiegen, seine kraftvolle Hand auf ihren schönen wohlgeformten Schenkeln spüren (wenn er nicht gerade schalten oder einen Sender suchen musste). Und Tarzan brachte dafür seine Jane, wohin sie wollte. Schnell, direkt und sicher. Wie der Urtarzan seine Urjane. Eine schöne, eine gute Zeit.

Von zahnlosen Wölfen

Doch das Unglück klopfte bereits an die Hintertür: Ausgerechnet die Wolfsburger legten uns mit dem Käfer ein Kuckucksei ins Baumhaus. Er war ganz knuffig, hatte so schöne unschuldige, so runde Augenscheinwerfer. Und das Brezelfenster – so süüüüüüßßß. Die Designer entdeckten das Kindchenschema. Und ZACK machten die Frauen den Führerschein: *Den* Wagen wollten sie auch fahren. Und das taten sie.

Damit begann das Elend: Auf einmal meinten sie, das jahrhundertealte Bewegungsmonopol der Männer brechen zu können, selbst wenn sie erst seit ein paar lächerlichen Stunden den Führerschein hatten: »Da hast du aber nicht geblinkt«, kreischt es seither vom Beifahrerinnensitz oder »Musst du immer so nah auffahren?«. Arg wurde es, als wir ihnen das Steuer wirklich überließen. Sie parkten scheppernd aus. Fragten, wo wir denn hin müssten, warum die Schilder dort drüben blau seien? Grün würde doch viel besser zum Haus dahinter passen. Und warum wir so laut schrien, wenn sie noch ein Stückchen weiter vorfuhren, um besser in diese breite Straße schauen zu können. Und was in Gottes

Namen denn dieses flehentliche »Hochschalten! Bitte hochschalten!« bedeute? Und warum denn ein so kleiner Kratzer schlimm sei. Da hänge doch jetzt der rechte Außenspiegel so nett davor und verdecke das alles. Woher sollte sie denn auch wissen, dass da rechts noch ein Spiegel ist. Also bitte.

Die Autos, die wir so gerne kutschierten, waren ihnen zu groß, zu unübersichtlich und, ach ja, die Ladekante: zu hoch. Zugegeben: Da tun sich die Mädels schon schwer, den Kasten Bier fürs Lokalderby Schalke gegen Dortmund reinzuheben. Aber ... das Leben war noch nie ein Wunschkonzert.

Der Verkehr gerät jedenfalls ins Stocken, seit Frauen den falschen Knüppel anrühren. Auf den Autobahnen lernt man plötzlich zu jeder Reisesaison die Leidensgefährten im Stau persönlich kennen, sogar auf dem Weg zum Snowboarden. Seit Frauen Auto fahren, sind Staus so regelmäßig wie früher nur die Schlussverkäufe. Sogar die ehemaligen Straßenfeger wie WM-Endspiele bringen keine Erleichterung mehr, da Frauen diese Zeiten nutzen, um unbemerkt mit unseren Kreditkarten Shoppen zu fahren. Und wir stehen dann auf dem Rückweg vom Stadion stundenlang auf der Umgehungsstraße beim Stadion. Die war früher gar nicht notwendig. Da führten alle Autobahnen direkt zum Sporttempel und nur dahin!

Die meisten herrlichen Fahrzeuge wie der Admiral oder der alte Benz, der 7er BMW oder Sharan waren den Janes also zu groß. So zwangen sie denn die Ingenieure, Kleinwagen zu bauen. Vermutlich ging es bei den Wolfsburgern zu wie einst bei Lysistrata. Solange die Männer Krieg führten (große Wagen bauten), gab's keinen Sex mehr: So entwickelte sich aus dem Käfer der Golf, der erste, der zweite, der dritte, der vierte und jetzt sogar schon der fünfte. Der Golf wuchs zum natürlichen Feind des Mantas heran, des herrlich unkorrekten Männerwagens, auf dessen Beifahrerinnensitz die dralle Blondine schier fest eingebaut zu sein schien und dessen Rückbank voller Bierdosen lag. Aus. Vorbei. Vergangenheit. Und es wurde wieder schlimmer: Alle anderen Autohersteller zogen nach. Seitdem versperren eine Vielzahl von Klein-, Zweit- und Drittwagen bis hin zum mikroskopisch kleinen Smart die Parkhäuser, Straßen und vor allem die Autobahnen. So zuckelt Jane nun dahin, meint noch immer, uns sagen zu können, wie wir fahren sollen.

Stell dir vor, Tarzan kommt elegant angeschwungen, will nach der nächsten Liane greifen, die ihn direkt vor das Maul des Nashorns bringen würde. In letzter Sekunde vor dem Zugreifen merkt er jedoch, dass an der Liane irgendwo unten schon eine linksliberale Frau mit Doppelnamen und -kinn pendelt, die versucht, ihre veganen Einkäufe nach Hause zu bringen. Na Mahlzeit. Im Grunde ist das, als würde der Dschungel auf einmal voller Zweit-Lianen hängen. Etwas längere, etwas schmalere (sind soo kleine Hände!) und viel zu viele, denn Jane kann nicht so hoch und nicht so weit springen. Und damit sie sie noch besser greifen kann, werden kleine Knoten eingeflochten. Weil Jane diese aber nicht so gut sieht, werden sie bunt angemalt. Und weil sie so zarte Hände hat, werden sie mit speziellem Moos umwickelt. Hinzu kommen Plattformen, auf denen sich mehrere Janes treffen und schwätzen können. Und weil Jane so oft abbiegen will, so häufig umdreht – »Huch, ich glaub, ich hab meinen Baumhausschlüssel vergessen« – und wieder wendet – »Ach ne, da ist er ja« –, werden mehr und immer mehr dieser Weibs-Lianen aufgehängt. In so einer Situation hätte sich auch Tarzan gelegentlich vergriffen. Und geflucht. Nein, weit gefehlt, Tarzan hätte das niemals zugelassen.

Schlampenschleudern

Anders die Entwicklung in unserer grausamen Wirklichkeit. In der stießen auch noch Marketingstrategen zu den unterjochten Ingenieuren. Letztere entwickelten – zweifellos ebenfalls erpresst von ihren Frauen – das nötige Zubehör, um aus einem Auto eine echte Schlampenschleuder zu machen: Beleuchtete Schminkspiegel, verstellbare Sitze (!), gepolsterte Pedale, bunte Farben. Und dann die Namen. Wer würden denn im Ernst ein Auto fahren wollen, das Smart oder Panda heißt? Lupo oder Micra? Clio? So würde Tarzan ja noch nicht mal seinen Hund nennen. Außerdem lehrt die leidvolle Vergangenheit, dass Frauen auch hier gleich noch eins draufsetzen müssen. Nach dem Motto »Ich hab mein Auto ja soo lieb« werden unsere vierrädrigen Weihnachtsgeschenke flugs umgetauft in Kasimir oder Jonathan. Außerdem wird sich kaum jemand vorstellen können, wie sich ein 1,90-Meter-Mann aus der A-Klasse klappt, um aus dem Kofferraum einen gefällten Baumstamm zu holen, mit dem er das Dach des Baumhauses ausbessern will, oder? Lächerlich. Allein der Gedanke an einen Kleinwagen muss jeden vernünftigen Mann abstoßen wie der Minus- den Pluspol.

PS-Initiation

Die automobile Männerkarriere beginnt zwar mit einem kleinen Fahrzeug, einem, das er sich gerade so leisten kann. Wer aber einmal die demütigende Erfahrung gemacht hat, wie die Heckscheibe seines Fiats 500 vom Mercedes-Stern eines 60-Tonners ausgefüllt wird, weil der Fiat einfach nur 80 Stundenkilometer schaffte, der 60-Tonner aber lockere 110, versteht, warum manche Fiat-Fahrer ihren Wagen an der nächsten Raststätte sofort verschenkt haben (an eine Frau, die ihn so knuffig fand), nach Hause trampten und so lange sparten, bis sie sich einen größeren kaufen konnten. Vielleicht zum Ausprobieren mal einen gebrauchten BMW, der dann gegen das nächstgrößere Modell getauscht wird. Die Formel »Der Nächste wird größer als sein Vorgänger« belebt nicht nur den Mann, sondern auch die Wirtschaft.

So geht's bis kurz vor die Rente. Da ist dann der letzte Neue fällig. Ein Mercedes Benz! Mit allem Schnickschnack in Silber! Auf den hat er ein ganzes Leben lang verzichtet, und das wegen so banaler Sachen wie dem Studium der Kinder oder dem albernen Zweitwagen eben. Doch jetzt ist es so weit: Die erste Zugfahrt des Lebens, eine grauenvolle im Übrigen und deshalb auch die letzte, führt ihn doch noch nach Stuttgart. Rechtzeitig, um im Kreißsaal bei der Geburt seines Daimlers dabei sein zu können. (Einen anderen Kreißsaal hat Tarzan selbstverständlich nie betreten, deshalb hat er ja auch drei und nicht nur ein Kind!) Diesmal ist er aber vor Ort. Nach der ausgiebigen Werksführung nimmt er dann die Schlüssel seines herrlichen Mercedes entgegen. Und lässt ihn zum ersten Mal an, hört das leise Seufzen, das ruhige, ja dankbare Schnurren. Das ist wie damals, als er seine erste Frau entjungfert hat. Gott, ist das lang her. Und trotzdem nennt er den Wagen, der ihn von nun an bis zu seinem Tod begleiten wird, nicht Tanja, Mädels! So souverän sind wir Männer. Dafür würde er sich wünschen, in diesem göttlichen Wagen seine letzte Fahrt antreten zu dürfen. Ach, wie war das übrigens mit den Grabbeigaben? Jeder Mann sollte einfach gemeinsam mit seinem letzten Traumwagen begraben werden.

Jane dagegen steht diesem klaren Verhalten mit Unverständnis gegenüber: Sie nimmt, was er ihr vor die Tür stellt. Vorausgesetzt, der Kleine (!) passt in alle Parklücken, hat etliche Innenspiegel (bloß keinen rechts außen) und eine niedrige Ladekante – und macht ganz schnell warm. Farbe egal, aber am liebsten Blau,

Grün, Gelb. Am besten alles zusammen. Also ein Polo. Nicht so viel kW. Sonst nix. Danach mal einen neuen Polo. Kurz vor seiner Rente könnte er ihr noch einen neuen Lupo hinstellen. Aber keinen schwarzen. Und keinen weißen. Der muss dann so oft gewaschen werden. Am liebsten also einen Polo.

Unvorstellbar: Tarzan als Beifahrerin

Doch es kam noch schlimmer. Wir mussten sogar als Beifahrerinnen in den winzigen Schlampenschleudern Platz nehmen. Und dann das Einparken: Zuerst versucht Jane verzweifelt reinzukommen, muss wieder raus, vor und zurück, nochmal ansetzen, steht dann rechtwinklig in der Lücke, behindert den Verkehr und brüllt: »Geht's, Schatz?« Anschließend wird sie langsam hektisch, erklärt die Parklücke einfach als zu klein. Weicheier beginnen bereits, sich an die Türgriffe zu klammern, und suchen nach einem Stück Holz, in das sie beißen können. Stoiker besinnen sich auf die besten John-Wayne-Monologe und lassen sie in der Reihenfolge der Erstausstrahlung Revue passieren, dann folgen die besonderen Momente aus Bruce-Willis-Filmen. Irgendwann kommt aber unweigerlich der Augenblick, in dem Jane ihn vorschickt: Soll er's doch richten. Also Platz tauschen, Jane steigt aus und stellt sich mitten auf den Radweg, um ihn einzuwinken. Tut das aber mit wildem Fuchteln etwas über dem Dach. Unmöglich, in einem der zahllosen Innen- und Außenspiegel (Letztere sogar mit Motor, also einer Jane-Suchfunktion) Janes wirbelnde Hände zu sehen. Abgesehen davon, dass er kaum wüsste, was sie denn nun meint: Einschlagen? Rechts herum? Noch so viel Platz? Oder schon so nah dran? Ach, das galt dem armen Kerl, den sie gerade mal eben vom Rad gewischt hat. Wenn die Spiegel nichts bringen, versucht er sich zwischen den Vordersitzen hindurchzubeugen und Kopf und Kragen so zu verdrehen, dass er einen winzigen Blick auf die Hände erhascht. Orthopädisch äußerst bedenklich, allerdings von Chiropraktikern dringend empfohlen. Im Übrigen sinnlos. Denn steht der Polo in der Lücke, schimpft er auf Jane, Jane rühmt sich ob des genialen Einwinkens, und der Streit ist da.

Tarzan dagegen hätte – ohne groß auf Jane zu achten – den Wagen in einem Zug eingeparkt, Jane sowohl für das Einwinken gedankt, als auch darauf hingewiesen, dass die Parklücke wirklich – also wirklich – verdammt klein war, und den verletzten Radfahrer zur Sau gemacht. Und dann den Wagen erfunden, der von allein einparkt. Jane müsste Tarzan nur noch bitten, Gas zu geben und zu bremsen. Den Rest macht das System allein.

So erhöhte sich der Druck durch Frauen auf die motorisierte Männerwelt weiter. Immerhin schafften die mittlerweile auf die Straße der Emanzipation eingebogenen Männer, die Wünsche der Frauen so perfekt umzusetzen, dass diese damit heute wieder nicht mehr umgehen können. Denn die Wagen sind zwar schön klein geworden und toll bunt und haben putzige Namen und runde Rollscheinwerfer. Sogar der Schrei nach einer niedrigen Ladekante ist erhört worden. Doch die begrenzten fahrerischen Fähigkeiten der Frauen führten zu technischen Tüfteleien, mit denen jene nun hinwiederum intellektuell bös überfordert sind.

Früher war die Situation folgende: Frauen schafften es weder rein in die gigantische Parklücke vor dem Haus noch den Hausfrauensender im Radio zu finden, rammten den Vordermann an jeder zweiten Ampel, machten unsinnigste Vollbremsungen und dererlei Unsinn mehr. Und bei alledem wussten sie nicht einmal, wo sie überhaupt waren. (Der alte Witz ist gar kein Witz: Sie: »Wo bin ich hier?« Passant: »Ecke Blumen-/Friedhofstraße.« Sie: »Keine Details, welche Stadt?«)

Um überhaupt noch mal eine warme Mahlzeit auf den Tisch zu bekommen, schossen wir also unzählige Satelliten ins All, die die Navigationssysteme der Autos aller Frauen dieser Welt gleichzeitig mit Daten versorgen konnten. Wir erfanden das Abstandsradar und die Einparkhilfe, RDS fürs Radio, ABS und EPS und manches mehr. Dadurch sind die Systeme im Cockpit eines Neuwagens so umfangreich geworden, dass die Janes heimlich kapitulieren und uns mit unheimlich großzügiger Geste die Zündschlüssel in die Hand drücken. Danke, Girls. Aber wir haben diesen technischen Schnickschnack nie benötigt: Wir fahren seit jeher vorsichtig, umsichtig und wissen, wo wir sind. Wir können einparken. Wir kommen auch mit einem schlichten Manta durch die Welt. Hauptsache, Jane sitzt auf dem Beifahrerinnensitz, genießt den Fahrtwind und sehnt sich nach unseren kraftvollen Armen.

Vom Versagen der alten Schweden

Am besten geht das mit dem Alfa 156. Allein die tief gezogene Schnauze mit dem renovierten Logo. Er ist der einzige Wagen, den Männer fahren sollten. (Von Manta und Taunus abgesehen, denn die sind immer gut. Leider mittlerweile echte Liebhaberfahrzeuge.) Der Alfa jedenfalls hat den Stil, der spritzig ist und keinesfalls bei einem Memmenauto zu finden ist, der für Familienfeste und Touren durch die Rhön genauso geeignet ist wie dazu, am Nordkap auf Eis zu schlittern oder randvoll geladen mit Kumpels und Dosenbier den Weg zum Fußballspiel zu finden. Schließlich gehören die Italiener noch zu den letzten wahren Männern Europas – der Italian Gigolo bleibt unschlagbar. Blauer Anzug, hellbraune Schuhe, die Sonnenbrille in die gegelten, schwarzen Haare hochgeschoben, unterm Arm der rosa *Corriere della Sera* (ja Beckham – da passt Rosa!), lässig an seinen Alfa gelehnt. Da schmilzt jede Frau dahin.

Klappt das bei der A-Klasse? Mit einem Volvo? Dessen Techniker schon seit Jahrzehnten versuchen, mit Sicherheit, Schwedenstahl und Airbags an den unglaublichsten Stellen jede Erotik aus diesen Fahrzeugen zu eliminieren? Dessen kantige und wuchtige Trecker geeignet sein mögen, Eis am Polarmeer zu brechen? Doch wer will das schon. Oder der Saab, dessen Design alte, Pfeife rauchende Männer in kariertem Sakko mit Lederflicken auf den Ellbogen zu einem herzlichen, ja geradezu enthusiastischen »Mon dieu, welch Design! O schau, Darling: Der Zündschlüssel wird in die Mittelkonsole gesteckt. Bei einem Unfall ganz wichtig«, hinreißt. Toll. Wahnsinn.

Wer glaubt, mit so einem skandinavischen Wagen im Dschungel erfolgreich zu sein, glaubt auch, dass es Spaß macht, im Autokino Sex zu haben. Im Übrigen erstaunlich, diese kühlen Blonden aus dem Norden: erst Helden, die in wahnwitzigen hölzernen Nussschalen über den Atlantik ruderten. Wären sie bei ihren Traditionen geblieben, müsste jeder Volvo heute aussehen wie der Chev eines texanischen Rinderbarons: mit mindestens einem Elchgeweih auf der superbreiten Motorhaube. Statt der Zierleisten würden Radkappen erlegter anderer Fabrikate als Schmuck angebracht. Nach jedem Unfall ohne Todesfolge würde ein alter Schwede brüllend aus seinem Wagen steigen, den Tank des besiegten Wagens mit bloßen Händen herausreißen und aus ihm Schwarzgebrannten trinken. Und Seitenairbags wären nie erfunden worden. Stattdessen beschränkt sich der Beitrag Schwedens zur Männerkultur auf moppelige, nackte Mädels. Und erst die Franzosen. Herr im Himmel – Mon dieu. Die Namen ihrer Fahrzeuge kann man ja kaum aussprechen oder gar buchstabieren, oder wie schreibt man Citroën? Mit zwei kleinen

Punkten überm E? Sagt man dann Zitröng? Oder ein nasales Zsitro-En? »Hey Jane, kommst du mit in meinen Zsitro-En?« Damit sie dann dort ruft »Kupplung!«? Nenene. Reno? Klingt für mich wie eine US-Stadt im harten Westen. Bei Pöscho ist sich der überwiegende Anteil der Tarzans zwar sicher, wie man die Marke ausspricht. Aber wie schreibt man sie? Puegot? Pugeot? Pèugèot? »Hey Jane, steigt aus deinem Siitrong und komm in meinen Po... Pö... äääh ... Komm rüber und zwar dalli!« Adieu, Frankreisch.

Warum Türken unbedingt Autos bauen sollten

An sich wären ja die Türken die prädestinierten Autobauer, wenn es um ein wahrhaft männliches Vehikel gehen soll. So viele gute gekleidete Männer und Frauen wie in angesagten türkischen Szene-Clubs gibt's sonst nie auf einem Haufen. Das zeugt von Stil und Gefühl für Formen und Farben. Und – ganz wichtig – die Geschlechterrollen sind in der Türkei doch noch recht klar verteilt. Immerhin gehört die Türkei zu den wenigen Ländern, in denen sich die Frau noch einigermaßen unbekümmert einer ganzen Schar von Männern sexy präsentieren darf, ohne dass gleich »Ausbeutung« oder »Erniedrigung« durch das gemütliche, lauschige Bauchtanz-Lokal gebrüllt werden würde. Sehr gut, Jungs.

Vermutlich würden die Türken einen Pick-up konstruieren, in dem zwischen Fahrerraum und Ladefläche eine Art Kabäuschen – bequem und ordentlich mit schweren Stoffen ausgeschlagen – platziert wäre. In ihm könnten zahlreiche Frauen bis hin zur Schwiegermutter schalldicht untergebracht werden. Sauber getrennt von den Fahrern. Männer zu Männern, Frauen zu Frauen. Aber die Türken gehören immer noch nicht so recht zu

Europa und viel schlimmer noch: Sie bauen gar keine Autos. Nicht einmal ein Transit wird durch die Montage eines Dachgepäckträgers zu einem türkischen Produkt. Sie importieren also nur. Das aber sehr fleißig. Schade, Jungs, ihr wärt dazu prädestiniert.

Den anderen Weg geht halb Asien. Dort bauen sie Autos, die so furchtbar sind, dass sie sie auf ihren Inseln und Halbinseln gar nicht haben wollen: Also werden sie auf Schiffe gepackt und gen Europa verschifft – die Europäer fahren ja alles. Schlimm, schlimm. Gleichzeitig kommen Delegationen von Autohersteller-Chefs nach Deutschland, um sich einmal in einem Taxi über die Autobahn kutschieren zu lassen. Und zwar ohne Tempolimit. *Ab ungeh*euerlichen 100 Stundenkilometern fühlen auch sie wieder den Schwungwind der Lianen, spüren sie die Tränen vom Wind in den schmalen Augen (wäre die Windschutzscheibe nicht) und denken darüber nach, den nächsten Super-Toyota nicht bei 230 Stundenkilometern abzuregeln. Jetzt sind sie ganz Tarzan. Selbst wenn das Taxi ein alter Mercedes-Diesel ist! Deren Auto willst du fahren? Plastik allerorten, ständig wechselnde Modellpalette, Namen wie auf der Sushi-Speisekarte? Toter Fisch statt Pferdestärken? Nie im Leben.

Für Männer kommen vielleicht Fahrzeuge wie der *Hummer* infrage. Vorsicht: Wer nicht weiß, wie man ihn ausspricht, wird in guter US-Tradition überrollt. Der Alfa dagegen: traditionelles Design, selbst der Manta erhielt seine elegante Gürtellinie vom eigens eingeflogenen italienischen Designer. Ein 500-PS-Bolide ist gar nicht nötig: Für so viele Pferdestärken müsstest du deine Rennsemmel in die Salzwüste der Mormonen bringen, und dort hat selbst der Hackl Schorsch festgestellt, dass es nicht einmal Bier gibt. Lass es also mit den 200 Alfa-PS gut sein und bring diese auf der Autobahn richtig auf Touren. Dann werden Jane die Worte fehlen: Sie wird zu keinen »Kuppppp…« mehr fähig sein, denn ihre Hände verkrampfen sich schon auf deinem Oberschenkel. Ihre Haut wird erst blass, aber dann so richtig schön durchblutet. Aus den Boxen dröhnt bester Johnny Cash. Der Sitz gibt das Zittern der Pferde direkt weiter an ihr Rückenmark. Das Ziel ist das lauschige Ferienhaus in den Bergen. Umgeben von wilden Bären, Hirschen und Bäumen, die es zu fällen gilt.

Tarzans Tipps

Es gibt keine Beifahrer! Schließlich ist Jane eine Frau.
Pöscho und Zsitro-En sind alles, aber keine Autos.
Im Auto haben Tarzan und Johnny Cash das Sagen.
Tarzan parkt ein. Jane jubelt.
Tarzans nächstes Auto ist größer.

Schweigsam: »Ich Tarzan, du Jane« – Tarzans Worte

Was Tarzan nie gesagt hätte: Sätze, die du nach der Lektüre dieses Buches nicht mehr benutzen wirst. Und Sätze, die du stattdessen mindestens einmal in deinem Leben ausprobieren wirst. Warum Tarzan nur spricht, wenn es nötig ist – und Jane ihm das als Schweigen auslegt.

Natürlich kennen wir ihn alle, den Klassiker des Tarzantums, die überaus bekannte Schlüsselszene, als Tarzan und Jane sich kennen lernten. Die Szene, die es dank ihrer schlichten Eleganz zu weltweitem Ruhm gebracht hat. Und die allen anderen Janes offenbar dennoch ein ungeheures Mysterium geblieben ist.

Er saß also auf diesem Baum, sie – verängstigt, schutzlos – ihm gegenüber. Tarzan weiß: Vor sich sieht er die Frau seines Lebens. Jane weiß: gar nix. Er sagt: »Ich Tarzan«, wobei er sich leicht mit der Faust auf seine Brust schlägt, und spricht weiter: »Du Jane« und knufft leicht an ihre Brust. IchTarzanduJane: Da steckt jahrhundertelang perfektionierte Kommunikation dahinter, reduziert auf das Nötigste. Wie ausdrucksstark diese minimalistischen Worte, so … Ach ja. Kein Wort zu viel, kaum eine Chance für Jane, etwas fehlzuinterpretieren. (»Wie hast du das jetzt gemeint?« Diese Frage gehört wohl zu den beliebtesten Diskussionseinleitungen von Frauen.) Eine sinnvolle Kombination aus direkten Gesten und klaren Aussagen. Keine komplizierten Schachtelsätze, sondern Worte, die so sind, wie wir Männer immer waren. Klar, deutlich, direkt, sauber strukturiert. Eben: »Ich Tarzan.«

Die Prinzen-Rolle

Frauen beneiden echte Kerle bis heute um diese hohe Kunst des Wenig-Worte-Machens. Während sie uns dieses fantastische Verhalten im täglichen Leben vorwerfen und bis heute versuchen, es uns zu vermiesen (»Sag doch mal was dazu!«), bewundern sie es bei ihren traumhaften Filmhelden ganz unverblümt. Bei Jane erzeugt eine romantische Szene umso mehr Tränen, je weniger Worte gewechselt werden. »Dieser Blick«, schwärmt sie später am Telefon wortreich ihrer Freundin vor. Oder sie stellt sich gerne vor, einfach so von Brad Pitt geküsst zu werden. Ohne viele Worte. Glaubt denn wirklich irgendwer, dass Janes Traumanalogie zu Tarzan, der silberne Prinz, der sie ja eigentlich erretten soll (wovon, bleibt im Dunklen), erst ausgiebig von seiner Familie erzählt, bevor er Jane auf seinen Rappen wuchtet und sie sich voller Vertrauen an seinen Rücken schmiegt? Oder dass er sie fragt, wie sie denn die Farbkombination von Satteldecke und Seidenwams findet? Nein, er soll stürmisch hereingeritten kommen – am besten, wenn der Chef sie mal wieder blöd angelabert (!) hat –, ebendiesen mit einem wildwüsten Blick strafen und dann Jane hinter sich wuppen. Ohne viele Worte, außer, dass der Prinz dem Chef-Schwein noch ein »Nimm dies« um die schon roten Ohren hauen und den Fehde-Handschuh auf die mit dem Firmenlogo bedruckte Auslegeware werfen soll. Was allerdings nur der Feststellung dient, ob Jane die Stimme ihres Retters sexy findet, inhaltlich ist sie an sich völlig unnötig. Ebenso gut könnte der Prinz in Janes Fantasie irgendein Geräusch von sich geben, bei dem sie dahinschmelzen kann. Das reicht. Mehr will sie gar nicht.

Eben: »Ich Tarzan – …« Das aber würde sie nie zugeben. Im Gegenteil: »Sag doch mal was dazu!«, kreischt sie lieber, um uns nach einem halbstündigen Monolog ihrerseits zum Sabbeln zu animieren. Schafft sie bei Tarzan aber nicht.

Unterbrich mich nicht

Und damit beginnt auch einer der bekanntesten Konflikte: Männer hassen es, unterbrochen zu werden: »Ich Tarzan, du …« »Moment – sooo gut kennen wir uns noch nicht, mein Lieber. Ja, wie würde ich denn dastehen, wenn jeder hier in den Bäumen, also ich meine … ähh … meine Freundin meint nämlich auch: Soooo nicht, sagt sie, mein Lieber, pass bloß auf. Und das brutale Rumschlägern kannst du dir aber gleich mal woandershin …« Wäre bei einem solchen Dialog die zarte Pflanze Romanze zu einem starken Baum mit Weltruhm herangewachsen? Nein. Nie. Aber Jane hat Tarzan (damals) ausreden lassen: »… Jane.« Und so konnten sich zwei Seelen finden und lieben lernen. Weil Tarzan zu Ende geredet hat. Und weil Tarzan stets deutliche Worte nutzte. Verirrte unter uns Männern versuchten ja seinerzeit, sich über Vorbilder zu wahren Männern zu entwickeln: Dass Fußballer dabei als Idole herhalten mussten, ist ja nicht einmal ein moderner Beckham-Verdienst, sondern eine Technik, mindestens so alt wie VoKuHiLa. So hieß ja nun eine der Moden, mit der früher schon orientierungslose Männer versuchten, ihren Frauen Respekt einzuflößen. »Schau, meine Haare, damit sehe ich aus wie der Mann, der Tore schießt, also hol mir ein Bier.« Doch die Frauen fielen nicht drauf rein, und die Männer versuchten schnell wieder einen anderen Dreh, um an das verdiente Bier zu kommen. Ein klarer, deutlicher Tarzan-Satz wie »Hol mir ein Bier, weil ich eines will«, fiel den wenigsten ein. Solche Männekes waren leider viel häufiger im Bad zu finden, wo sie heimlich die *Brigitte* durchblätterten, um herauszufinden, welcher Männertyp derzeit gerade in war. Noch früher wurde auf dem Klo wenigstens der neue Frauentyp geguckt.

Taten sagen mehr als tausend Worte

Die Gesten des sich selbst oder anderen leicht auf die Brust Schlagens ist uns genauso geblieben wie diese klare, sachliche Ausdrucksweise. Ein herzhafter, aber dennoch wohldosierter Faustschlag an die Schulter oder das Kinn des anderen (in Zeitlupe etwa) muss als eine der größten Zutraulichkeitsbekundungen aufgefasst werden, zu denen ein Mann fähig ist. Sein Partner und Freund weiß das zu schätzen und empfindet dieses Zusammentreffen der Körper als äußerst angenehm. Aber Jane zetert. Sie versteht das nicht, macht ihm Vorwürfe. Im schlimmsten Fall führt dies dazu, dass er sich zu einem Norwegerpulli-tragenden Frauenversteher entwickelt, dessen Sätze mit einem »Also mein Gefühl sagt mir aber …« beginnen. Vermutlich enden sie mit »… dass du heute meine Mutter anrufen musst«. Brrrr … Im besten Fall macht Tarzan deutlich, dass bei ihm auch die Gesten zur Kommunikation gehören, obwohl Jane sie gnadenlos übersieht, missdeutet und ignoriert.

Tarzan dagegen harrte auf dem Baum aus. Still. Leise. Elefanten und Bären bedrohten ihn, Schlangen und – logo – Sabor, die schreckliche Löwin und Erzfeindin der Affen, schlichen um ihn herum. Da machte er kaum mit lautem Gerede und vielen Worten auf sich aufmerksam: »Mööönsch Herbert, guck ma, ne … daaa … ja daaa. Sooone Antilope. Futter für drei, sach ich dir! Ja Herbert, wo guckst du denn hin? Wo hast du wieder deine Augen, hmmm? Größer als neulich vor drei Vollmonden die von

Friedhelm, diese Antilope. Da fällt mir ein: Erst gestern hat Georg ja erzählt, dass er beim Medizinmann war, weil ...« Stattdessen: Tarzan weist mit dem Kinn in die richtige Richtung, Herbert schaut und versteht: Antilope. Lecker Essen. Wind von Nordost, also Anschleichen von Südwest. Tarzan wie immer macht den linken Bogen, Herbert übernimmt den rechten. Beim dritten Ruf des Sumpfhuhns (natürlich imitiert von Tarzan): zugreifen. Schlachten. Fertig. Dann kurz umarmen, auf die Schultern knuffen. Nach Hause, Jane beglücken.

Ist mehr notwendig? Diese kommunikative Höchstleistung, nämlich in winzigste Gesten große Monologe zu verpacken, ist heute überall dort zu erkennen, wo Männer aufeinander treffen. Beim Fernsehen sowieso: Kein Wort muss gewechselt werden, wenn ein guter Ball ins Netz geht. Oder eben knapp daneben. Oder im Café, wenn die scharfe Schnecke vorbeigeht und lässig ihr Handy baumeln lässt. Jeder Kerl erkennt sofort: Lithium-Akku, locker 200 Stunden Stand-by, mit Digi-Cam, klaro, und Radio über Headset, 1000-Rufnummern-Speicher, superhochauflösendes Farbdisplay, Neidfaktor neun, dicker als das eigene. Boooaaahhh ... Kein Wunder, dass Männer mit schlappen 3500 Wörtern pro Tag auskommen, schließlich werden sie ergänzt und vor allem kombiniert mit 5000 Gesten und Tongeräuschen. Jane schafft locker 8000 Wörter! Pro Tag! Ohne Gesten und Tongeräusche! Das ist eine pralle Vier-Tages-Dosis für wortkarge Männer. Das müssen wir auch erst einmal aushalten.

Sehen und verstehen

So ist es auch kein Wunder, dass Jane, wenn sie Tarzan nach dem Abend mit den Kumpels fragt, glaubt, sein »Yep« sei doch keine echte Antwort. »Yep« aber sagt so viel. Vor allem, wenn es von einem leichten Zucken der Schulter, dem Hochziehen der Augenbraue und dem Schütteln des Kopfes begleitet wird. Auf Jane prasseln unzählige Informationen nieder wie Sternschnuppen im August auf die Atmosphäre: »Thomas hat ein neues Auto. Fast 200 PS. Richard hat Zoff mit der Freundin. Schlampe. Willi meint, er könnte mehr Bier trinken als ich, kann er aber nicht. Hab's ihm eben bewiesen. Ha.« Aber Jane hört einfach nur »Yep« und ist für die zarten Zwischentöne völlig unempfänglich. Allein diese Darstellung von Männerkommunikation wird einen Proteststurm hervorrufen, der deutlich lauter sein wird als jeder einzelne, aber pointierte Tarzan-Schrei.

Jedoch ist Janes Unvermögen an sich kein Wunder, und daher muss auch einmal für Verständnis gegenüber Jane geworben werden: Um die 8000 Wörter täglich zu verbrauchen, benötigt sie schließlich beide (!) Gehirnhälften. (Das ist neu für euch, Jungs, aber Tatsache. Jane ist nicht böse, nur eindimensional.) Da bleibt kein Platz für das Erkennen und Interpretieren von Gesten und Mimik. Tarzan dagegen kommt mit einer Hirnhälfte aus: So ist der Rest frei für Biertrinken, Gesten, Kreuzworträtsel, Philosophie, Romantik.

All diese wunderbaren Dinge gehen nämlich Tarzan und seinen Freuden durch den Kopf, wenn sie beisammensitzen, um den Fernseher versammelt, am Lagerfeuer oder rund um den Boxring. Kleine und kleinste Bewegungen transportieren Bedeutungen und sind so schwer zu erkennen für Menschen, vor allem Frauen, die einzig damit beschäftigt sind, Laute zu erhaschen. Deshalb wirkt es für Jane, als sitze eine stumpfsinnige Bande Halbwilder um den Kasten Bier und grunze sich an. Weit gefehlt. Aus dem gleichen Grund versteht auch keine Frau das legendäre Interview vom 21. Juni 1969 im *Aktuellen Sportstudio* mit Boxer Norbert »Prinz Wilhelm von Homburg« Grupe, das uns Männern doch so viel sagt. Typischerweise ist Grupe auch weniger wegen seiner ungeheuren sportlichen Erfolge und Leistungen berühmt geworden, sondern vielmehr wegen seiner ruhigen Art, den Fragen des ZDF-Sportmoderators Rainer Günzler zu begegnen: Sechs Fragen ließ er an sich abprallen und beantwortete sie mit einem zuvor angekündigten Tarzan-Schweigen. Günzler wandte sofort die berüchtigtste aller Jane-Techniken an und beantwortete die Fragen stellvertretend für den Prinzen. So erfuhr die Zuschauerin genau, was der Moderator über Grupe dachte, verpasste aber die Chance, auf des Prinzen Tarzan-Zeichen, Tongeräusche und Gesten zu achten, seine Mimik zu entschlüsseln. Kurz: Sie konnten also die Szene absolut nicht verstehen. Grupe bedankte sich schließlich artig und bezeichnete das Interview in seinem Schlusswort als aufschlussreich. Das wirft die Frage auf: Wo lernt Mann so viel über sich selbst wie in einem Gespräch mit einer Frau?

Sicher ist: Männer haben Kommunikation längst von der einfachen, hohlen Bedeutung abgekoppelt. Sie benutzen Wörter nicht nur, um Geschichten zu erzählen oder zu lesen, sondern gehen darüber hinaus, indem sie sie mit Bildern verbinden. Weiterer Vorteil: So können sie sich deutlich mehr merken als Jane. Männer lieben Comics und nicht wenige von ihnen können etliche Sprechblasen auswendig aufsagen, dazu den Namen des Albums, die Seitenzahl und das Kästchen benennen, in der die Worte in der Blase gesprochen werden. Damit wird die römisch-gallische Geschichte in wenigen Wochen erlernbar. Jane dagegen versucht noch immer, die reinen Worte von Rosamunde Pilcher aufzusagen, scheitert aber spätestens auf der siebten Seite. Da, wo es halt einigermaßen losgeht, nach dem Inhaltsverzeichnis und der ersten Überschrift. Dafür erinnert sie sich noch nach vier Jahren erstaunlich exakt, wie Menne mal im Party-Smalltalk hat fallen lassen, das Katja Riemann sooo schlecht nun auch wieder nicht aussieht, Veronica Ferres vor allem in *Schtonk* hinreißend schauspielert und er sich Ludivine Sagnier durchaus als Frühstückspartnerin vorstellen könnte. Oder dass auf dem längst weggeworfenen Einkaufszettel sehr wohl »Keine Eiernudeln!« stand, er dies aber geflissentlich versucht zu übersehen wie weiland Schwiegerpapas Einladung zum Sonntagsschach, was Jane ihm bis heute gerne wörtlich zitiert und mit einem kleinen Schauspiel vor Augen führt, als wäre diese Einladung gestern gewesen und nicht vor 42 Monaten. Oder dass Tarzan angeblich dreimal im Rückstand sein soll mit Müllruntertragen. In solch kleinlichen Details möchte Tarzan nicht abtauchen. Er steht für die wirklich großen Dinge und Dialoge.

Mehr Verständnis für Jane

Tarzan kann auch köstlich über kurze Witze lachen wie »Bück dich, Fee …« oder »Steht 'ne Blondine vor der Uni«. Bei den Janes sieht es ganz anders aus.

Jane 1: »Also, da kommt ein Mann …«

Jane 2: »Nee, das war doch ein Schwuler, oder? Also, Hilde hat gesagt, und die muss das wissen, weil die kennt ja …«

Jane 1: »Kommt also ein … Dings … in die Apotheke …«

Jane 3: »Apotheke? Das ist gut. Da muss ich euch was erzählen, was mir neulich in der Metzgerei passiert ist …«

Und so weiter und so fort. Also nee, Mädels, das lasst mal lieber. Am Feuer ging das ja vielleicht noch an. Aber nicht auf dem Baum. Da war nach zwei herzhaften Tarzan-Lachern einfach wieder Ruhe in den Wipfeln. Was nicht bedeutet, dass sich die Jagdgruppe nicht königlich amüsiert hat.

Vielleicht müssen Männer einfach mehr Verständnis für Janes

Situation aufbringen: Sie saß nun mal im dunklen Baumhaus und wartete auf Tarzan. Ihn, den Beschützer und Ernährer, wusste sie draußen: bedroht von unzähligen Gefahren. Sabor immer irgendwo, Schlangen, fallende Kokosnüsse, gerissene Lianen und Krokodile … Ach! … Und auch sie selbst war ja in ständiger Gefahr: immer im Ungewissen, was da so alles in die Höhe gekrabbelt kam. Pfui Spinne. So saß sie also dort im Kreis der Freundinnen und malten sich all die Gefahren aus: »O Gott, da draußen ist's so grässlich. Wild.« Ach Jane.

Was ein Mann einmal im Leben gesagt haben muss

»Alles auf die 17!«

Ja, alles auf eine Zahl zu setzen ist des wahren Mannes Mut! Der Croupier wird dir mit hochgezogener Augenbraue einen kurzen Blick zuwerfen, die Frau in dem tief ausgeschnittenen roten Abendkleid rechts hinten, die noch an dem alten Mann mit dem Geldkoffer hängt, wirft dir bereits erste Blicke zu. Und das Weichei links von dir, das immer nur im Wechsel auf »Rot« und »Schwarz« setzt, erstarrt. »Alles auf die 17!«, wiederholst du ruhig und bestimmt, schiebst den Haufen mit den Jetons, und zwar mit allen Jetons, über den Tisch, steckst dir die Zigarre wieder in den Mund wie Klaus Kinski alias Fitzcarraldo, als dieser gerade das Schiff über einen südamerikanischen Berg geschleppt hat, und lächelst entspannt. »Rien ne va plus«, sagt der Croupier mit einem weiteren ehrfürchtigen Blick zu dir. Und du weißt: Jetzt liegt dein Leben in der Hand des Schicksals. Zugegeben, im Urwald gab's keine Spielkasinos. Aber immer wieder musste Tarzan alles auf eine Zahl setzen – oder besser gesagt, auf eine Liane.

Griff er zu und sie hielt, gut! Leben, quasi die 17. Griff er aber daneben oder die Liane riss und er fiel: Tod durch Pranke. Schade.

Jane wusste diesen Mut zu würdigen. Jedes Mal, wenn Tarzan nach Hause kam (und am besten ein frisches Fell erbeutet hatte, aus dem Jane neue Fummel nähen konnte), freute sie sich und beglückte Tarzan. Kommst du nach Hause und erzählst, dass du alle eure Ersparnisse auf die 17 gesetzt (große Augen, tiefes Einatmen!!!!) … und … gewonnen hast (noch größere Augen, ausatmen, sofortiges Beglücken beginnt), wird deine Frau auch weiter auf dich setzen. Hast du aber die falsche Zahl gewählt, hast du eben verloren. Alles. Apropos:

»Ich zahl alles«

Hier geht es wieder um einen echten Tarzan-Satz. Stell dir vor: Du sitzt mit deinen Kumpels beim Endspiel in der großen Eckkneipe. Deine Frau gebiert dir gerade einen Sohn und schreibt dir gleich eine SMS, dass er wie dein Vater heißen wird. Dann ist's angebracht, kurz, knapp, aber laut zu sagen: »Ich zahl alles.« Dann bist du der Herr, der König des Abends. Zumindest so lange, bis die Rechnung kommt. Dann bist du vielleicht der Bettler, aber das hat sich doch gelohnt, oder? Dieses Gefühl wird nur noch übertroffen, wenn der letzte Elfmeterball weit an Olli vorbeigeht. In das andächtige Schweigen, das in ein anerkennendes »Gut gemacht, Olli, könnte ich nicht besser« gipfelt, kann jemand anderes sagen: »Ich zahl ab jetzt alles.«

Weitere mögliche Ich-zahl-alles-Anlässe: Hochzeit, Scheidung, 1860 München schafft's in die Bundesliga, der Spider kommt durch den TÜV – ohne 100-Euro-Schein am Auspuff, der 18. Flensburger Punkt wird nicht angerechnet, weil der Polizist ein Psychopath war, Schwiegermutter bleibt doch nur eine Nacht.

»Frauen und Kinder zuerst!«

Dieser gellende Schrei war auf den Auswandererschiffen der unumstößliche Beweis für Edelmut und Übersicht: Schrie das der Kapitän, war er ganz Tarzan und im Moment gewillt, als Letzter mit seinem Schiff unterzugehen. Vorher aber wollte er schwächliche und schutzbedürftige Frauen und die Hoffnung in der Neuen Welt, also seine Kinderschar, in Sicherheit wissen. Heute weist der Ruf eher darauf hin, dass in wenigen Minuten die Kumpels kommen, die versprochenen wilden Männer-DVDs einfordern, Bierdosen öffnen und Auftaupizza verdrücken. Heute müssen die immer noch irgendwie schwächlichen Frauen und Kinder unbedingt vor diesem Anblick geschützt werden.

»Kaufen Sie 100 Stück«

Diesen Satz sauber auszusprechen kostet heute wirklich Überwindung. Der Hype ist vorbei. Jeder lacht, wenn man von seinen Aktiendepots spricht. An den Biertischen, wo früher lauthals geprahlt wurde, wie unwahrscheinlich viel Geld in genau diesem Moment in die Taschen des Erzählers floss, und echte Geheimtipps ausgetauscht wurden (»Du, Telekom. MUSST du kaufen!«), sitzen heute immer noch dieselben Jungs und flüstern sich gegenseitig zu, dass sie ihre Metabox-Aktien nicht mehr losbekommen. Und dass sie bis heute nicht verstehen, wo die Kohle eigentlich geblieben ist. Umso schwerer für dich, die korrekte Entscheidung zu treffen: Welche Aktie ist es heute überhaupt noch wert? Welches Unternehmen solltest du wählen, um deinen Gesichtsverlust möglichst gering zu halten, wenn du zugibst, dass du den Gewinn aus dem Spielkasino in einen Haufen wertloser Aktien umgetauscht hast? Beate Uhse? Doch T-Online? Der Geheimtipp in Vietnam vom fachkundigen Frisör? Wenn du dich dann entschieden hast, gehe zum Sparkassen-Schalter, schiebe dem Banker einen Zettel mit dem Namen der AG rüber und sage laut und deutlich: »Kaufen Sie 100 Stück.« Wenn dein Gegenüber dann sagt: »Gerne, aber Sie müssen erst ein Depot eröffnen«, kannst du dich kurz umschauen, ob dich jemand kennt, und dann den geordneten Rückzug antreten. Denn diese Gegenfrage zeigt, dass du für diesen Satz wohl doch noch nicht reif bist.

»Timmmmmmbbbeeer!«

Ja, das ist der Ruf eines Holzfällers, der befreiende Schrei, wenn er dem Baum endlich so tiefe Kerben beigebracht hat, dass er fällt. Das ist pures Adrenalin, gepaart mit echt schwierigen Berechnungen, wohin der Baum fallen wird. Wichtige Situation auch für jede Männerfreundschaft, denn die Kumpels an den umliegenden Sägen wollen gewarnt sein, wenn der frisch geschlagene Baum gleich an ihnen vorbeirauschen wird. Dann hörst du die Äste durchs Gehölz schlagen, Zapfen und Äste rieseln herab, Sägespäne bedecken deine Stiefel; schließlich spürst du den dumpfen Schlag, wenn der Stamm auf dem Boden aufschlägt. Dann Ruhe. Freude und Stolz erfüllen dich, denn du hast ihn besiegt, den Baum, und ausreichend Feuerholz. Mit dem du jetzt das Baumhaus so heiß machen kannst, dass Jane ganz von allein auf den Lederfummel verzichtet, den du ihr erjagt hast.

»Hasta luego, chica«

Sag diesen Satz niemals, während du eine dicke Zigarre im Mund hast, von der du glaubst, sie sei auf dem Schenkel einer kubanischen Jungfrau gerollt. Erst recht, wenn du eine der kleinen Kubanerinnen meinst und dich auch noch für Hemingway hältst, obwohl an deinem Samsonite-Trolley aus dem Bonus-Programm noch das Neckermann-Schildchen baumelt. Neinneinnein. Das ist mehr als Weichei. Aber diesen Satz in Aserbeidschan in der Wellblech-Kneipe, in der sich alle Ölarbeiter treffen, diesem wirklich großen, bärtigen, stinkenden und unter Drogen stehenden Ex-Afghanistan-Söldner zuzurufen, der dir gerade noch das gezackte Messer im Schaft seines Stiefels (aus echtem Bärenleder) gezeigt hat, das spricht wirklich für Mut. Und ist sehr wahrscheinlich nur ein einziges Mal möglich …

Was Tarzan niemals sagt

»Hallöchen«

Was soll Mann zu einem anderen Mann, der einen mit »Hallöchen« begrüßt, schon sagen? »Halt's Maul, Alter?« Das ist in sich fast so schlimm wie ein Mann, der vorsichtig »Klopfklopf« sagt, statt mit den Knöcheln auf den Tisch zu hauen und »Moin allerseits« zu rufen. Dann fehlt nur noch der tuntige Ton und ein »Na, das ist aber eine kuschelige Herrenrunde«, um sich endgültig zu disqualifizieren.

»Ja, Mama«

Also, Tarzan hatte gar keine Mutter. Damit geht's ja schon mal los. Na ja, irgendwie schon, aber sie starb eben kurz nach seiner

Geburt. Deshalb musste Tarzan auch nie für seine Mutter den Müll runterbringen oder den Keller entrümpeln. Er stand auch nie vor der Frage, ob er sich für seine Mutter oder für Jane entscheiden sollte. Deshalb brauchte Tarzan niemals »Ja, Mama« zu sagen. Und dennoch: Er würde jeder alten Frau, die seine Mutter sein könnte, die Liane hinhalten, damit sie sich leichter über den Krokodil-Fluss schwingen kann. Das war's dann aber auch schon. Er gehörte einfach nie zu den weicheirigen »Ja-Mama«-Sagern.

»Mit Perwoll gewaschen«

Das Übernehmen schlauer Aussprüche wie »Alea iacta est« (Cäsar) oder »Ick bin ein Berliner« (Kennedy) oder »Baaaoohhhr« (Tarzan) ist an sich schon okay. Obwohl es dir sicher besser zu Gesicht steht, selber einen solchen Satz zu entwickeln, der dann kopiert wird, wenn du längst tot bist. Solltest du daran noch arbeiten, klau wenigstens keine Sätze aus der Werbung: Die lässt dich eh nur verdummen. Was bei den »Mit-Perwoll-gewaschen-Sagern« ja bewiesenermaßen schon gelungen ist. Und der Humor ist dabei gleich mit draufgegangen. Einzige Ausnahme: Jane fragt, warum ihr erst kürzlich erstandener Kaschmir-Pullover so weich und so klein ist. In diesem Fall wäre ein energisches »Hättest du geschwiegen, Desdemona!« zwar total eindrucksvoll, aber fehl am Platz. Hier – aber nur hier – ist ein »Mit Perwoll gewaschen« ausreichend und akzeptabel.

»Ich hau dir auf die Augen, Kleines«

So endete der verzweifelte Versuch eines witzig-zynischen Harald-Schmidt-Kopierers, aus einem irgendwann mal guten Zitat ein noch originelleres zu machen. Klappt sowieso nicht. Das schafft nicht mal Tarzan. Also Klappe halten. Schließlich ist dieses ursprüngliche Originalzitat »Ich schau dir in die Augen, Kleines«

a) in seiner Aussage ziemlich sinnlos und

b) auch nur 'ne Übersetzung.

Im Original sagt Humphrey ganz was anderes, nämlich »Here's looking at you, kid«, was aber wohl eigentlich auch schon ein vernuscheltes »Here's good luck to you« war. Jane weiß das und schätzt deshalb einen ruhigen Original-Tarzan mehr als einen quasselnden Plagiatoren-Sabbler. Der Satz »Ich hau dir aufs Maul, Alter« dagegen könnte – obwohl lautmalerisch verwandt – schon eher in die Muss-Liste aufrücken.

»Wie war ich, Liebling?«

Das fragt Tarzan nicht. Er gibt sich immer alle erdenkliche Mühe. Wenn's nicht so gut war, sei's drum, das nächste Mal kommt bestimmt. War's dagegen gut, merkt Tarzan das schon. Und: Was soll Jane schon sagen? »Oh, in den ersten acht Minuten ging's so, dann kam der zweite Anlauf, der dauerte etwa vier Minuten ...« Der Satz ist aber prima als gelungener Männerwitz. Sie bläst ihm einen und er fragt: »Wie war ich, Liebling?«

Der Rest ist Schweigen – Situationen, die nur eine Antwort zulassen

Du triffst heute zum ersten Mal Schwiegermutter. Sie fragt sofort nach deinem Konto und ob du Jane denn überhaupt ernähren kannst, was dein Vater von Beruf ist, ob du ansteckende Krankheiten hast, was du von Roland Koch hältst und was der Fuchsschwanz an der Antenne deines Autos bedeutet.

Tarzan antwortet: »–«

Jane fragt: »Die Janes vor mir, waren die auch so gut im Bett?«
Tarzan antwortet: »–«

Die Jane von Tarzans bestem Freund fragt: »Liebt er mich wirklich?«
Tarzan antwortet: »–«

Jane will über Tarzans Familie reden.
Tarzan antwortet: »–«

Tarzans Tipps

Tarzan kommuniziert anders als Jane. Versuche daher erst gar nicht, sie zu verstehen.
Echte Helden kommen nicht auf weißen Pferden dahergeritten.
Lass eine Frau niemals Witze erzählen.
Lass dich nicht beirren: Gesten sagen mehr als tausend Worte.
In der Ruhe liegt die Kraft.

Triebhaft: Wie war's für dich? – Tarzans Sex

Das wichtigste Thema, zum dem es doch (vermeintlich) am wenigsten zu sagen gibt: Mach es wie ein Tier. Aber nicht wie ein Kuschelbär. »Wie war's für dich?«, fragt Tarzan niemals. Warum auch? Und er geht fremd. Er muss das tun, denn die Natur zwingt ihn dazu.

Endlich ein Thema, das an sich nur Jane etwas angeht: Tarzan ist so im Bett, wie er ist. Er muss so sein. All das Jammern der vergangenen Jahrzehnte, das Schreiben und Lesen von Sexratgebern, das Hören und Sehen von Radio- und Fernsehsendungen: vergeblich! Erika Berger und Sex-Knigges: Vergiss es! Dr.-Sommer-Team und hypermoderne Ratgeber mit »Mach-mal-eine-Kerze-an-du«-Tipps: furchtbar.

Es gibt zwei Grundwahrheiten, die Jane einfach hinnehmen muss. Natürlich existieren viel mehr Tatsachen und Axiome, die Jane eigentlich kapieren sollte. Aber es führt zu weit, Lila-Latzhosen-Trägern zu erläutern, warum Tarzan an der Hutablage aus Richards Ford Taunus 17 M hängt, die mittlerweile schwarz gestrichen, mit Boxen und einer Super-Uhr versehen in der Küche hängt, und Slade dröhnen lässt. Weil nach dem Sex vor dem Sex ist und Tarzan generell »hinten« wirklich bedeutsam findet, fangen wir auch mit dem Hinterher an. Allerdings weder mit der Frage »Wie war ich?«, die Tarzan nie stellen würde, eindeutig viel zu eitel. Er weiß, dass seine Art einfach gut kommt.

Noch mit der Frage »Wie war's für dich?«, deren Antwort eh sichtbar ist. Liegt Jane schweißnass auf dem Rücken, japst nach Luft und hat sonst nicht mehr viel zu sagen, was soll Mann da noch fragen? Sondern uns interessiert vielmehr: die Dialektik des Sex.

1. Tarzan schläft nach dem Sex

Logo. Er hat soeben viel von sich gegeben, genug, um ein neues Leben zu schaffen, gar einen Prinzen gezeugt, vielleicht eine ganze Dynastie gegründet. Zumindest aber einen prima Tarzan-Junior. Da sollte ein Viertelstündchen Schlaf an der Seite der Geliebten schon mal drin sein. Vor allem, wenn die Beute-Woche anstrengend war, mit viel Lianenschwingen, Kämpfen, Hungern, Dürsten, Liebe, Hoffnung, Frust, Glück. Langeweile, Hektik ... Jane bekommt von all dem wenig mit, wenn sie im Baumhaus sitzt. Aber Mann hat es einfach nicht leicht, wenn »König des Dschungels« als Beruf auf der Visitenkarte steht. Und immerhin macht das Jane ja schließlich zur Königin.

2. Tarzan springt nach dem Sex sofort auf und will Bäume ausreißen

Vordergründig scheint sich dieser Leitsatz mit dem ersten nicht vereinen zu lassen. Weit gefehlt. Das Nach-dem-Sex-Aufspringen liegt in Tarzans Genen so fest verankert wie sonst kaum etwas – okay, essen ist auch ziemlich fundamental, schlafen auch –, doch dass Tarzan nach dem Akt unmöglich ruhig auf den Fellen lümmeln konnte, ist verständlich, wenn du dir seine Geschichte genau ansiehst: Tarzan war einer der wenigen, um nicht zu sagen: der einzige Mensch in einer ganzen Horde Affen.

Schnell wurden ihm zwei Dinge deutlich. Kaum eine Äffin wollte wirklich mit ihm Sex, außerdem hätte sich Tarzan dann an Äffinnen vergriffen, das wollte er ja nun auch wieder nicht. Das wiederum bedeutet, dass Tarzan sexmäßig ausgesprochen ausgehungert war, als er Jane traf. Zumal es die Affen untereinander ja recht bunt, häufig und öffentlich trieben. Das war auch schon irgendwie animierend für Tarzan. Und öffentlichen Sex haben sie den Menschen voraus, das können sie, die Affen. Na ja, dafür können wir ein besseres Fernsehprogramm machen.

Tarzan musste also irgendwie immer zugucken, durfte selbst aber nicht ran. So sammelte sich das Verlangen und staute sich, bis er es irgendwann loswerden konnte. Zumal ja auch der Fortbestand seiner Rasse nur von ihm abhing. Zugegeben, eine Fehleinschätzung. Aber woher hätte der einsame Tarzan das wissen sollen? Und vor allem, warum hätte es ihn interessieren sollen? Verhalf ihm dieser Irrtum dann doch noch zu reichlich Sex und den heute Verirrten zu einem vernünftigen Vorbild. Deshalb muss Tarzan bis heute sofort nach dem Sex weiter Beute machen, Häuser bauen, weitere Janes suchen, kurz: alles tun, um möglichst schnell wieder den Zustand zu erreichen, der Sex möglich macht. Nämlich vernünftiges Schlafzimmer, volle Vorratskammer, prima Jane. Denkt daran: Monogamie ist ein kultureller Begriff, kein biologischer.

Pflanz! Dich! Fort!

Tarzan wurde von der doppelten Macht des Y-Chromosoms getrieben, von Bett zu Bett zu springen. »Pflanz dich fort«, dieser Auftrag spukte fortwährend in seinem Hirn umher. Hinzu kam der Gedanke: »Es gibt nur Jane.« Wenn also eine weitere potenzielle Mutter seiner Kinder auftauchte, musste er zwangsläufig

Interesse an ihr haben. Auch wenn er so gerne monogam und neben Jane liegen geblieben wäre, die, bereits erschöpft vom Liebesspiel, selig schnurrte und sich von Herzen bemühte, ihrem Tarzan eine gute Partnerin zu sein, liebevoll, anschmiegsam und geduldig, kaum eifersüchtig und wenig bevormundend …

Jane sah das selbstverständlich anders. Sozialisiert im fernen England, viktorianisch-spießig freute sie sich zwar auf einen wilden Mann im Lederslip. Konnte aber nicht akzeptieren, dass er eben genauso war, wie er war. Das ist den Frauen geblieben: Vor Wonne und Lust den Slip zerreißen (lassen): »JAAAAaaaaaa!« – Aber: »Nur am Samstagabend nach der Party, wenn ich den alten Baumwollslip anhabe, den ich eh wegtun wollte. Außerdem sollte das Reißen folgendermaßen (es folgt eine kurze Erläuterung) vor sich gehen, sonst könnte ja eine kleine Hautreizung an der linken Hüfte meinen morgigen Sonnentag am Badesee zur Tortur werden lassen. Und brüll mir nicht ins Ohr, sonst kriege ich einen Tinnitus.«

Tarzan wollte außerdem – wie seine Vorbilder im Urwald, die Affen – immer und überall, Jane aber nur rund zweimal im Monat. Ja, und Tarzan wusste während der übrigen Tage nicht, wohin mit seiner Potenz. Vor seinen Freunden wollte er ja nun auch nicht als Schlappschwanz dastehen, also war er gezwungen, sich nach anderen Partnerinnen umzusehen. Dabei aber GING ES AUSSCHLIESSLICH UM MEHR SEX, nicht um Liebe oder so. Das hat Jane nie verstanden.

Tarzan wiederum konnte Janes Gezeter nicht verstehen: Einerseits, weil sie mal wieder so kreischte. Andererseits, weil sie zwar eigens in den Urwald gekommen war, nur um ihn zu bekommen, er ihr dann aber gar nicht passte. Irgendwie wollte sie eben doch nur den silbergewandeten Prinzen, möglichst mit einem kleinen Knopf an der Seite, mit dem sie seine animalischen

Triebe an- und vor allem wieder ausschalten konnte. Es war doch auch Jane, die aus Tarzan tatsächlich wieder den schleimigen, vertrockneten, gepuderten englischen Lord Greystoke machen wollte. Dem aber bekam es überhaupt nicht, dass er aus der guten Bio-Luft des Dschungels in den krebserregenden Smog der Großstadt verfrachtet wurde. Ohne seine Freunde, ohne fiese Tiger, Lianen und seine gewohnte Umgebung. Daran ging Tarzan zugrunde. Das sollte uns eine Lehre sein. Und deshalb ist wilder Sex im Wald am Freitagnachmittag auch bis heute immer noch besser als der Versuch, es auf der sechsspurigen A 9 zu probieren.

Simply the best

Eigentlich gibt's zum Thema Sex sonst nur wenig zu sagen. Ist ja auch recht intim und privat. Und die Überschrift zu diesem Kapitel spricht für sich. Dennoch ein paar klare Worte zu der einen Sache, die die Welt am Laufen hält: Die ultimative Lieblingsstellung aller Tarzans beim Sex ist a tergo – von hinten. Tarzan spürt dabei eine tolle Reibung und hat einen ausgesprochen guten Blick auf den ansprechenden, sich leicht bewegenden Hintern seiner Jane. Zwar haben vereinzelte verirrte Frauengruppierungen versucht, diese Stellung als frauenfeindlich zu brandmarken, weil man sich dabei nicht in die Augen sehen kann (was aber doch geht, wenn sie sich ein wenig Mühe gibt), doch ist das wenig überzeugend. Dieses Argument zieht nicht, weil die meisten Frauen beim Sex eh die Augen zu haben. Was ja demnach männerfeindlich wäre. Aber geschenkt. Es ist also DIE Stellung schlechthin. Die Urstellung. Die der Tiere, das ultimativ Animalische. Jane mag das auch.

Einfach die Art erhalten

Erinnere dich, Tarzan-Williger: Hat dich je eine dieser wunderbaren Frauen an der Hotelbar, rotgewandet, Blicke in den tiefsten Ausschnitt gewährend, sexy, mit rauchiger Stimme gefragt: »Wollen wir hochgehen und es wie die Missionare machen?« Das klingt in etwa so aufregend wie: »Aber nur einmal. Und nimm dann gleich vom *Kleenex* da aus der Box auf dem Nachttisch, steht gleich neben dem Foto von meiner ehrwürdigen Mutter. Übrigens, danach geh ich gleich duschen. Mach jetzt geschwind die Augen zu, wenn ich unter der kratzigen Wolldecke hervorkomme. Und dann kannst du fragen ›Wie war ich?‹ und wir diskutieren darüber.« Puuuhh …

Hauchst du aber »Komm, lass es uns wie die Tierrrrrre machen. Immer wieder, wild, ggrrrrrrbbboaaahahhhhh« in ihr Ohr und berührst dann vielleicht ihr Öhrchen mit deiner trockenen Zungenspitze, wird sie auf der Stelle dahinschmelzen, dir folgen, wohin auch immer du gehst (sogar in die Besenkammer), und es genauso genießen wie du.

Ja, Sex ist animalisch. Er folgt einfachen Regeln und dient nur einem Zweck: die Art zu erhalten. Dafür müssen wir uns nicht schämen. Männer sind genau so! Sie folgen einfachen Regeln und versuchen immer nur, die Art zu erhalten. Mit wem auch immer. Einfach. Tierisch. Auch dafür brauchen wir uns nicht zu schämen. Selbst wenn die Lila-Latzhosen-Emanzen burschikos »Monogamie!« brüllen. Hätte Tarzan sich aber seinem Trieb nicht hingegeben, es würde diesen pubertär trällernden Frauenchor gar nicht geben. Und wir wären vermutlich auf einem Planeten der Affen gelandet. Aber Sci-Fi mögen Frauen ja auch nicht.

Trägst du aber gerne einmal die Seidenunterwäsche deiner Frau und musst sie auch noch zurückgeben, am Ende unzerrissen und gebügelt, und darfst du sie noch nicht einmal aufessen, ja, dann, dann ist klar, dass dein Liebesleben einen Tiefstand erreicht hat wie das von Beckham. Ordinäre, aber teure Sex-SMS und -Skandale sind die verdienten Folgen solchen Weichei-Handelns. Genau genommen ist das eh alles klinisch, langweiliger Cyber-Sex: Oder hast du Lust auf eine richtig wilde, orgiastische, auspumpende, befriedigende SMS? Aufs Handy? Gerade mitten rein in die »12er-Spax-mit-der-Hilti-in-so'n-Brett«-Diskussion im Baumarkt? Siehste.

Es kam, wie es kommen musste: Tarzans einfachen und schlichten Fortpflanzungsinstinkt versuchten die Frauen zu domestizieren und rein zu diskutieren. Am besten gleich zu verhüten. Kein Wunder, schließlich sind sie es, die die Früchte dieser Liebe, die Brut, austragen, was sie dann für den einen oder anderen Tag vom aktiven Sex ausschließt. Tarzan allerdings MUSS weitermachen. Seine Gene treiben ihn immer und immer wieder in die Betten, hämmern nur diesen einen Gedanken in sein geschundenes Hirn: »BruterhaltenBruterhaltenBruterhalten.« Das ist biologisch begründet, genauso wie das laute Weckerticken, das Jane spätestens mit 35 zum ersten Mal hört. Ab dem Zeitpunkt tickt Jane dann meistens so runde zehn Jahre nicht ganz richtig. Macht Tarzan dann aus Janes irrationaler und hektischer Panik ein Drama? Nein. Seht ihr. Ein bisschen mehr Verständnis, bitte!

Zugegeben. Jane hat es auch nicht leicht. Weil Jane meist öfter im kuscheligen Heim sitzt, leidet sie stärker unter der Geißel der modernen Brut, der Blockflöte! Wer einmal in einem großen Haus saß und das grauenvolle Quietschen – vielfach gebrochen und zurückgeworfen – in seinen empfindlichen Ohren vernommen hat, der kann das vielleicht sogar verstehen. Und wird den Neandertaler verfluchen, der als Erster das Mark aus einem Oberschenkelknochen gesogen hat, um dann hineinzublasen. Und noch mehr: Jane muss sich, technikfeindlich, wie die Arme ist, auch noch mit den Gameboys und Konsolen, mit den kaputten Grafikkarten und unverständlichen Fußball-Games ihrer Kinder herumschlagen. Hätte sie etwas Vernünftiges gelernt, etwa Beute machen, wäre ihr das erspart geblieben. Aber sie schickte ja lieber Tarzan in den wilden Dschungel.

Kurz: Tarzan ist, wie er ist. Was über tausende von Jahren entstanden ist, kann unmöglich in ein paar Jahrzehnten wegdiskutiert werden. Und wenn dabei noch so viel Prosecco mit Pfirsichsirup fließt, er noch so oft in griesgrämigen Frauenzeitschriften oder in Sexratgebern diffamiert und seine Natur verleugnet wird.

Schöne Aussichten

Der Blick auf den weiblichen Hintern ist für Männer so eminent wichtig wie die Fähigkeit, sich überhaupt fortpflanzen zu können. Die Rundungen des Pos gehören zu den instinktivsten, zu den untergründigsten, ja den subtilsten Signalen, die Männer empfangen können. Bis heute ist dies in der Tierwelt nachvollziehbar. Der erhobene Hintern des Weibchens diente über Jahrtausende als Zeichen für Bereitschaft und Willigkeit. »Nimm mich«, schrie der Hintern allen zeugungsfähigen Männchen im Umkreis zu, die es schafften, trotz der brutalen Naturauswahl bis in die unmittelbare Nähe des Weibchens vorzudringen. Wem das gelang, der wurde mit einmal Sex belohnt und beglückt.

Ein solches Verhalten ist, wenn auch deutlich zivilisierter, in vielen Sportarten – etwa in der Formel 1 – erhalten geblieben: Auch hier tummeln sich Weibchen, demonstrieren ihre Bereitschaft zur Vermehrung und zeigen ihre gesunden Rundungen. Wer den ritualisierten Kampf gewonnen hat, darf diese dann berühren. Die unterlegenen Rivalen werden vor lauter Ärger Ferrari-Rot.

Das Weibchen hat im Gegenzug das großartige Glück, von einem der Stärksten im Rudel ein Kind zu empfangen, das es dann entsprechend austrägt, voller Stolz aufzieht und beschützt. Was daran nun frauenfeindlich oder unnatürlich sein soll, das möchte ich wissen, und mit mir tausende andere Tarzans.

Es ist, wie es ist, der Hintern des Weibchens, Janes Po, ist bis heute einer der stärksten sexuellen Reize, die ein Mann empfangen kann. Verständlich, dass der Tanga, ursprünglich an der Küste der Machos in Brasiliens aufgewachsen, dann Gott sei Dank irgendwie nach Europa und Amerika gelangt (war ja nicht schwer, das kleine leichte Teilchen einzuschmuggeln), als das wunderbarste aller Kleidungsstücke gilt. Er appelliert an die niedrigen Instinkte, zeigt viel, verdeckt großzügig künstlich hochgezüchtete Moralgedanken und Diskussionsansätze, verdrängt lange Gespräche und zeigt, um was es geht: Ran an den Speck. Pronto. Und Jungs, ihr könnt sicher sein – Jane weiß das! Auch wenn sie unendlich schimpft, wenn du am Ende sogar hinguckst.

Neben dem Hintern gibt's ein zweites starkes Signal, das Frauen den Männern erst unverschämt gerne zeigen, um ihn dann, wenn er wagt zu gucken, wüst zu beschimpfen: der Busen. (Gucken wir nicht, kassieren wir einen Anpfiff, weil Jane glaubt, dass wir den Busen der Nachbarin offenbar interessanter vulgo größer finden.) Übrigens ist der Mensch das einzige Säugetier, bei dem die Weibchen durch einen Busen gekennzeichnet sind. Allein deshalb kann Tarzan nicht oft genug hinschauen, wenn er mit diesen schaukelnden Dingern konfrontiert wird. Und dieses Zurschaustellen liefert den Beweis dafür, dass Frauen sich durchaus auf Tarzans einstellen und sich ihnen anpassen können. Daran sollten wir anknüpfen und aufbauen.

Schließlich wurde der Busen nur für Tarzan entwickelt: Eines Tages stellte ein Weibchen des sich entwickelnden Homo sapiens (oder erectus?) fest, dass Sex auch anders möglich ist, nicht nur in der Hundestellung. »Ein Quantensprung des Verhaltens«, jubelten die Verhaltensforscher. »Das menschliche Urvieh hat damit einen weiteren wichtigen Schritt vom Tier zum Menschen gemacht.« »Bullshit«, ruft Tarzan, Sex entzieht sich der Verhaltensforschung, das geht keinen was an.

Gib mir ein Zeichen

Von vorne, aufeinander liegend, wie sollte das wohl gehen? Das mutet katholisch-klerikal an und wirkt etwa so sexy wie ein Akt mit der Oberschwester im Nonnen-Krankenhaus – obwohl sich die Katholiken zugegebenermaßen auch recht ordentlich vermehren. Also auch Sex haben müssen, oder ist die unbefleckte Empfängnis doch möglich? Vermutlich haben sie auf jeden Fall deutlich weniger Spaß als Tarzan.

Da die Signale der Frauen mit dieser neuartigen Form des Sex unklar wurden – die runden Backen, heute noch bei manchen Affen schön rot, stachen den Männchen nicht mehr ins Auge –, begann die Zeit der Verwirrung. (Es war also tatsächlich alles schon einmal da.) »Wollen die Weibchen nun?«, fragten sich vor Kraft, Gesundheit und Potenz strotzende Männchen. Liegt sie, um zu schlafen, oder ist das ein Zeichen für das ewig potente und zum Fortpflanzen verdammte Männchen, endlich loszuschlagen? Schreckliche Zeiten müssen das gewesen sein, voller Enttäuschungen und Vergewaltigungen, Entsetzen und Missverständnisse. Dann merkte eines der Weibchen, vermutlich mit einer halbwegs ausgeprägten Brust, vielleicht Körbchengröße C, dass es öfter und einfacher an Männer kam als die Mädels ohne jede

Erhebung. Diese Mutter des Busens – Gott hab sie selig – setzte sich durch, gab ihre Anlagen weiter und machte wunderbaren Sex zwischen Männchen und Weibchen wieder möglich. Die Natur ließ den Weibchen den Busen wachsen. Er erinnert den Mann an die Rundungen des Hinterns und dieser anziehende Körperteil hat heute genauso wie vor 25 000 Jahren Signalwirkung. Zeig mir deinen Busen und du darfst meinen kleinen Tarzan sehen.

Allerdings brachte auch diese Entwicklung keine Sicherheit für Tarzan. Das einfache Zeichen (Hintern = Sex) wurde zur schwer erkennbaren Falle: Busen ist so ähnlich wie Hintern, also könnte Sex gemeint sein. Vielleicht aber auch nicht. Frauen haben dieses Verwirrspiel perfektioniert. Je nach Laune kann eine aufreizend gekleidete Frau, am Ende mit herrlichen Strumpfbändern unterm kurzen Mini, langen Haaren und roten Lippen, ganz verschiedene Dinge vermitteln:

1. Nimm mich. (Meint sie selten. Ganz selten. Eigentlich nie. Vergiss es gleich wieder.)
2. Verschwinde, ich warte auf einen Stärkeren aus dem Rudel. (Oft gemeint.)
3. Zeig mir deine Kontoauszüge und ich denk mal über uns nach. (Tja, der Machtkampf findet heute nicht mehr am Lagerfeuer und mit Fäusten statt.)
4. Ich zeig mich so, wie ich mich fühl. (Aha.)
5. Ich habe eingekauft. (Fass mich bloß nicht an – es hat mich drei Stunden gekostet, bis ich so aussah wie jetzt.)

Daraus hat sich die Kosmetik- und Schönheitsindustrie, die Mode und letztlich die Eheberatung entwickelt. Das ist Evolution.

Traum und Alptraum

Der Frauen-Technik – »Busen täuscht Po vor«, Schminken, Schönheits-OPs – folgte auch bald der Versuch, uns mittels geschickt gewählter Filmtitel in die Kinos zu locken. Aber wahre Männer wissen es inzwischen besser: Bei *Calendar Girls* geht es nicht um die ansehnliche Dokumentation der Produktion eines Pin-up-Kalenders. Jedenfalls nicht wirklich. Genauso wenig, wie es in *Striptease* irgendetwas nackt zu sehen gäbe, was du nicht auch an der Tankstelle bekommen würdest. Auch wissen Kerle, dass in *U-Turn* zwar J. Los barer Busen wie wild angepriesen wird, er aber bestenfalls in einer Szene vorkommt, die einer Traumsequenz aus *Ulysses* gleichkommt. Und entsprechend kaum etwas eindeutig zu erkennen ist. Weibliche Schminke liegt eben über allem.

Bis heute gilt ein großer Busen als ausgesprochen weiblich, als sexuell anregend, als turnend. Und die Frauen wissen das. Warum sollten wir also nicht hingucken? Heute werden Busen aufgeblasen, wie früher Blinddärme entfernt. Zack, zack geht das, schnell gemacht, ohne wirkliche medizinische Indikation, und zurück bleibt meist nur eine kleine Narbe. Ganze Dekolletees, die wirklich widernatürlich wirken, werden gebaut und gezeigt.

Tarzans Alptraum

In dem düster-rauchigen Ambiente der angesagten Keller-Disco triffst du eine Traum-Jane. Souverän und originell machst du sie an. Ihr geht. Schon trennt sie sich im Gebüsch links neben dem Parkplatz oder vielleicht auch erst zu Hause zunächst lasziv von ihren poppigen Twen-Klamotten, macht dann bei ihren künstlichen Wimpern und farbigen Kontaktlinsen weiter, als plötzlich der graue Streifen auf dem Scheitel sichtbar wird. Elegant streift sie ihren Push-up-BH und Pohalter ab, wischt sich die Schminke vom Gesicht und – vor dir steht die beste Freundin deiner Mutter. Sie kann das nicht einmal mit einem Lächeln entschuldigen, weil das Botox ihr alle Nerven lähmt.

Tarzans Traum

Ach ja. Hertha BSC spielt, du sitzt auf dem Sofa. Allein. Vielleicht in Blau gekleidet, die Arme hinter dem Kopf verschränkt. Du genießt den neuen Flachbildschirm, die tollen Bass-Boxen, dann erklingt die vertraute Stimme des Kommentators, von dem du dir nach dem Spiel überlegst, ob du ihn gut oder ABGRUNDTIEF schlecht findest. Links von dir Bierdosen und Fernbedienungen, rechts der Pappkarton mir der Pizza, vielleicht zwei, drei Tüten Chips. Das Telefon ausgesteckt. Der Traum. Nach über 90 anstrengenden Minuten geht der alles entscheidende Elfer ins Tor: Darüber freut sich auch deine Freundin so sehr, dass sie es gar nicht mehr aushält und es jetzt will. Auf der Stelle, SOFORT! Du gibst alles, und sie auch. Das ist ganz natürlich und sollte dir nicht von Emanzen ausgeredet werden. Das ist das Paradies, der perfekte Sonntagnachmittag. Und nichts anderes.

Männer unter Druck

Genauso normal ist es, dass Männer Pornos gucken oder zumindest schon einmal geguckt haben. Wir finden das spannend, interessant. Nirgends, aber wirklich nirgends bekommen wir so viele Pos und Busen zu sehen wie in einem vernünftigen Porno. Nicht einmal im Sommer im Freibad. Wer das leugnet, leugnet sich selbst: Alle Filmverleihe, die sich »Familien-Videotheken« nannten und keine Pornos im Angebot haben, machen nach einer gewissen Schamfrist wieder dicht. Ha! Als wäre der Videorekorder für Kinderfilme erfunden worden. Als habe die DigiCam ihren Siegeszug angetreten, weil mit ihr so detailreiche Makroaufnahmen von selbst gezüchteten Orchideen möglich sind, die sich dann schnell per Mail in die entlegensten Züchter-Hochburgen mailen lassen. Unsinn. Tarzan weiß genau: Er hatte es einfach dick, dass immer wieder seine Negative verschwanden, auf denen er nackig zu sehen war. Jetzt gucken die Laborantinnen in die Röhre. Und Tarzan macht seine Bilder selbst. Ach ja, Jane traut sich nun auch.

Es kommt noch härter: Männer lieben auch die herrlich muffigen Video-Kabinen in der Nähe der Hauptbahnhöfe. Wir huschen hinein, schleichen in den düsteren, schlecht beleuchteten Gängen umher, als seien sie das letzte Stück Dschungel, in dem wir uns beweisen können. Hier können wir – natürlich nur, wer Single ist – noch Tugenden wie Anschleichen und schattengleiches Weggleiten üben, können uns verschwörerisch zuzwinkern, sind sicher, dass kein Weibsvolk stören wird. Vertraut und doch so anonym. Hier sind wir unter uns. Das Ideal der Männergruppe. Bleibt das Geheimnis: »Ich war auch dort.« O ja, wieder einmal ertönt die Kritik des Frauenchors aus dem Hintergrund: »Frauen werden ausgebeutet und als allzeit willige Sexualobjekte dargestellt.«

Ach Mädels. Wir wissen doch, dass das keine Dokumentarfilme sind. Aber ihr wisst wohl nicht, dass wir nicht alle solche Super-Schwänze haben, die immer stehen. Das ist der Druck, den die Pornos uns auferlegen: Immer mindestens 40 Minuten am Stück mit einem Riesending können. Dreimal hintereinander. Und jedes Mal brüllen wie ein Stier. Wie soll Mann das denn machen? Mit seinem Durchschnittsschniedel? Angeblich sind die Schwänze in den Pornos ja nur so groß, weil die Kamera und so weiter und so fort. Aber egal. Das ist echter Druck, den die Industrie da auf uns ausübt. Aber darüber wird tiefstes Stillschweigen bewahrt. Über die zahllosen Männer, die so in die Impotenz getrieben wurden. Und seitdem Pornos gucken müssen, um wenigstens ab und zu einen hochzukriegen. Und das nicht einmal zu Hause dürfen, weil es ja frauenfeindlich sein soll. Wie viele von ihnen sind so fast in die Illegalität gedrängt worden. In die Videokabinen am Hauptbahnhof. Weil Frauen ihn immer oben haben wollen. So lange und so laut.

Tarzans Tipps

Schau genau: Durchschaue die Tarnung!

Tarzan verschenkt seine Pornosammlung nicht, weil er mit seiner Traum-Jane zusammenzieht. Man weiß ja nie.

Tarzans Lieblingsstellung kennst du ja nun. Und ihre auch.

Tarzan sei der Mann, animalisch und gut.

Richtig wichtig:
Tarzans Kumpels!

Vergesst die Frauen. Wahre Freundschaft gibt's nur unter Männern. Auch wenn's manchmal nicht so aussieht: Frauen spielen in Tarzans Dasein eine weniger wichtige Rolle als allgemein angenommen – wirklich wichtig sind Männer. Als Kumpels und vor allem als Konkurrenz.

Wahre Freundschaft gibt's nur unter Männern. Das ist nichts Neues und das müssen auch die elf Freunde auf dem Fußballfeld nicht nach jedem Treffer eigens beweisen. Tarzan-Kenner wissen: Ein leichter Knuff im Schulterbereich reicht als Liebesbeweis von Mann zu Mann. Das Gleiche gilt für die uralte Binsenweisheit, dass nur Männer Männer verstehen. Weshalb sonst werden am liebsten Barkeeper als Zuhörer gewählt, wenn's um Probleme zwischen Mann und Frau geht? Schließlich könnten uns ja auch die süßen Bedienungen ihr Ohr leihen, die – angetan mit netten weißen Schürzchen und Häubchen – auch einen ganz guten Eindruck machen. Allerdings manche von uns zu gewissen Gedanken anregen, die man sicherheitshalber nur unter Männern austauschen sollte …

Kurzum: Einzig die Männer können wirklich gut zuhören. Und sie nicken auch nur dann, wenn es wirklich etwas zu nicken gibt. Knapp und konzentriert. Kein heftig-hysterisches Kopfschütteln, bei dem die Schuppen nur so fliegen oder die für Tarzan ohnehin inakzeptable Fönfrisur trocknet. Einfach nur ein klares, männliches Nicken.

Frauen, die keine Unterwäsche tragen

Jane dagegen neigt dazu, Tarzan ständig mit einem »Neiiinn-nnnn?!«, »Wiiiiiiiirklich?« oder »Was, die Schlampe???« zu unterbrechen. Um ihm dann in einem ihr geeignet erscheinenden Moment eine zu scheuern. Und das nur, weil Tarzan zu Hause erzählt, dass die Praktikantin aus dem Büro keine Unterwäsche trägt. Das hat er übrigens mit bloßem Auge erkannt, nicht durch nähere Kontakte erforscht. Mit solchen Unterschieden kennt sich jeder Barkeeper aus, er muss nicht extra danach fragen. Oder es interessiert ihn nicht wirklich, weil er die Praktikantin nicht kennt und sich viel mehr für die Unterwäsche der Bedienung interessiert. Also nickt der Mann hinter der Bar einfach einmal.

Unter Männern

Wir Männer wissen auch nicht erst seit *Harry und Sally*, dass die Frauen vermutlich so gut wie jeden Orgasmus vortäuschen. Doch seitdem haben wir dafür sogar einen Namen: »Gestern hat meine Frau wieder 'ne Sally gemacht und gedacht, ich merk es nicht. Ich hab nix gesagt, weil sie das kränken würde.« Zustimmendes Nicken (kurz, präzise) in der Männerrunde, es werden kleine, exakte Töne hörbar, dann folgt eine Sammelbestellung *Jägermeister* auf Rechnung des betrogenen Gentlemans. Außerdem wussten wir auch schon vor diesem Film, dass es schlicht keine Freundschaft zwischen Mann und Frau gibt, geben kann und auch niemals geben wird.

Ebenso mag der Dialog: »Meiner ist länger« – »Dafür kann ich aber weiter pinkeln« für Frauen ungeeignet sein, etwas Sexistisches haben, vielleicht sogar etwas Kindisches. Aus dem Grund können sich derartige Dialoge und die vergleichenden Wettbewerbe, die sich daraus ergeben, auch nur ernsthaft unter Männern entwickeln. Oder kann sich jemand vorstellen, dass Jane mit einem »Dafür hab ich 'nen größeren Busen!« kontert? Ach Gottchen. DAS wäre sexistisch. Selbst wenn dies passieren würde, welche Ungleichheit der Waffen.

Straßenrennen, um die Wette pinkeln, Maße vergleichen. Das sind Relikte der verbesserten Kampftechnik, die Jane anno dazumal davon befreite, ewig nur getrocknete Früchte und Wurzeln zu mümmeln, und ihr das fleischige Mehr-Gänge-Menü an das Lagerfeuer brachte. Deshalb findet Jane diese Wettbewerbe generell toll und bietet sich gegebenenfalls gleich selbst als Preis an – was den Wettbewerb zwischen den Jungs weiter anheizt. Anders ginge es ja auch nicht: Wer will schon mit einer Frau um die Wette Billard spielen, wenn feststeht, dass der Verlierer mit dem Gewinner schlafen muss? Wo bleiben da der Vergleich und der wahre Siegestaumel? Nur unter seinesgleichen wird Tarzan sein Glück finden, auf Verständnis stoßen und dennoch in seiner Entwicklung kontinuierlich gefördert werden.

Und mit wem sonst als mit einem anderen Mann kann Tarzan über den neuen Looping in der Carrera-Bahn seines Sohnes debattieren? Von wem sonst könnte die raue Satzfolge »Hier ist der Westen. Wir lieben unsere Legenden. Für uns sind sie wahr geworden« in ihrer ganzen Bandbreite verstanden und auch noch ausdiskutiert werden? Welche Frau bringt schon Verständnis dafür auf, wenn ein Mann leise eine Träne verdrückt, wenn der *Blade Runner* in letzter Sekunde doch noch mit dem Leben davonkommt. Und mit *ihr* flieht, ohne zu wissen, ob seine schöne Geliebte ein schnöder Roboter ist, der ihm dereinst in den Arm fallen wird, oder nur eine einfache Frau, die ihm dereinst in die Arme fallen wird? Wer versteht schon, dass der Capri durchaus ein Wagen war, der es mit einem Manta aufnehmen konnte, der Alfa zwar durchaus das Zeug zum Kult hat, aber … das hatten wir ja schon.

Die Leiden des Erstbetrunkenen

Auch die Zeremonie, bei der Betrunkene mit allerlei Dingen des alltäglichen Lebens verziert werden, spielt sich fast nur unter Männern ab. Wehrlos zusammengesunkene Kerle werden angemalt, ägyptische Bierflaschen-Pyramiden errichtet oder Dosenberge von der Größe der Rocky Mountains um die kaum mehr erkennbaren Köpfe der Aufgegebenen aufgeschichtet. Ist dabei Weibsvolk zugegen, wird kreischend für Ausgleich gesorgt, gewarnt und in Schutz genommen, kurz: Spielverderberinnen treten auf. »Lasst doch, Schorschi ist ja schon gestraft genug.« Oder: »Nein, nicht den Fenchel-Teebeutel in den Mund hängen!« Sie nehmen solchen Veranstaltungen damit jeden, aber auch wirklich jeden Charme. Echte Kerle dagegen zücken nur wortlos ihr High-end-Handy, und das Bild des Erstbetrunkenen in der Runde geht ruckzuck um die Welt. Das sind die wirklich schönen Momente im Leben eines Mannes, die er einfach nur unter seinesgleichen wirklich genießen kann. Momente, von denen Tarzan den nachfolgenden Generationen voller Ehrfurcht am Lagerfeuer erzählen wird: »Und es begab sich, dass der Schorschi so dermaßen die Hucke voll hatte, dass wir – jaja, glaubt es nur – sage und schreibe drei Paletten Bierdosen um ihn herum aufbauen konnten. War das ein Spaß, als er später völlig verkatert aufwachte und verzweifelt nach einem Ausgang gesucht hat.« Aufgrund solcher Erfahrungen steigt auch die für Jane nicht nachvollziehbare Motivation, bloß nicht als Erster umzukippen. Das spornt an. Und wenn Mann dem Unterlegenen dann noch eins mitgeben kann, ist der fröhliche Abend nahezu perfekt.

Der kurze Untergang der Titanic

Ehren-Tarzan Homer Simpson hat treffend in einer der unzähligen *Simpsons*-Folgen erläutert, dass Frauen komische Wesen seien, die in einer komischen Welt lebten, in der es Kobolde und komische Hüte gibt. Der Mann hatte Recht. Wer versteht schon Frauen? Hmm? Welcher Mann will schon *Die Brücken am Fluß* im extra langen Director's Cut sehen? Wer will mit auf die Tupperparty?

Das Tragische ist nämlich, das es Männern gelingt, die wesentlichen Dinge auf die wesentlichen Dinge zu reduzieren. Genau deshalb haben sie Zeit, in Ruhe vor einem Glas Bier zu sitzen. Nehmen wir als Beispiel James Cameron. Wäre er ein echter Mann, so hätte sein Film aus deutlich weniger Szenen bestanden. 29 Minuten und 26 Sekunden hätten vollauf gereicht, ohne dass die tiefsinnigen Aussagen des Regisseurs dadurch verloren gegangen wären.

Tarzans Titanic

Szene 1: Im Hafen. (Bunter Abschiedstrubel, Schiff legt ab. Filmsequenz dauert acht Sekunden.)

Szene 2: An Bord – Mann trifft Frau. (Da ja bekanntermaßen die Entscheidung Will-ich-oder-will-ich-nicht? in Millisekunden getroffen wird, könnte das reichen. Der Dramaturgie zuliebe seien dieser Schlüsselszene gute und ausgiebige zehn Sekunden gewidmet.)

Szene 3: Im Auto. (Die Scheiben sind nicht beschlagen!)

Mann und Frau vögeln. (15 Minuten. Mindestens. Viele Detailaufnahmen!)

Szene 4: Im Eiswasser – Schiff rammt Berg. (Detailaufnahmen der Schiffsaußenhaut, der splitternden Eisenträger, des Wassers, wie es sich in Kajüten und Kombüsen ergießt, prima Bilder von Chaos sowie aller explodierenden Dieselmotoren einzeln; sterbende Heizer, deren letzte Worte »Für Jane, Gott und Vaterland« sind. Weitere Einzelheiten: Schreie im Hintergrund, wüste Schlägereien um Rettungsboote, Schießereien mit Mords-Super-Wummen. 14 Minuten.)

Szene 5: Im Rettungsboot – Mann und Frau aus den Szenen 2 und 3 unterhalten sich, bedauern, dass sie sich erst jetzt kennen lernen, stellen einander mit Namen vor. Mann stirbt. Sofort. (Nochmals acht perfekte Sekunden, die der Zuschauerin mindestens wie zwölf vorkommen.)

Abspann.

Ende.

In Janes Version hingegen dauert allein die Todesszene am Schluss des Films mindestens zweieinhalb Stunden. Zeit, die Tarzan längst mit Bier hätte füllen können. Vielem Bier, leckerem Bier. Mit guten Kumpels. Und Super-Schweigen, bis auf wenige exzellente Tongeräusche. Oder er hätte mal eben den Vergaser ausbauen und reinigen können. Oder ’ne Riesenportion gehackte Schafsinnereien schottischer Art »Haggis« verdrücken. Oder eine Schlachtplatte mit viel Blutwurst. Kurz im Plattenladen vorbeischauen. Das Gewürzregal andübeln.

Da solche Dinge einfach nur mit Männern gehen – oder hat Tarzan etwa Lust, mit einer magersuchtgefährdeten, im Salat ohne Dressing rumstochernden, finnisches Mineralwasser (ohne Kohlensäure und Zitrone) trinkenden Frau, die ihm mit *Titanic*-verheulten Augen gegenübersitzt, ins *Asado* zu gehen? Nie. Aber man kann ihn mit dem besten Freund vor einem Fußballspiel am Wochenende in dieser Lokalität finden. Um dort die korrekte Grundlage zu schaffen.

Immer gut im Doppelpack

Sowieso bestanden echt gute Pärchen immer aus zwei Männern. Humphrey und der Polizist in *Casablanca* etwa. Nicht ganz zufällig lässt Humphrey Ingrid ziehen: Er weiß, dass er trotz aller Vorteile, die Ingrid zu bieten hatte (welche eigentlich genau?), sogar mit dem schmierigen Bullen als Partner besser beraten ist. Asterix und Obelix waren in keinem einzigen der zahllosen Abenteuer auf Dauer voneinander zu trennen, Obelix ließ sich nicht einmal von der alle betörenden Falbala einlullen, sondern hielt seinem Freund die Treue. Eisern, wie Kapitän Haddock sogar auf seine Nennung im Titel des Comics verzichtet und Struppi den Vortritt lässt, aber dennoch Tim beständig aus allerlei lebensbedrohenden Situationen errettet. Das ist wahre Freundschaft.

Kohl und Gorbi stellten eine andere Variante der Männerfreundschaft dar, gemeinsam bewegten sie Großes. Zum Beispiel brachten die beiden eine Strickjacke ins Museum. Und erreichten damit mehr als – sagen wir Donald und Daisy. (Was aber ein unfairer Vergleich ist. Bei denen hat ja nichts geklappt.) Und heute als leuchtendes Beispiel: Schröder und Frankreichs Präsi. Und wer weiß schon, wer Maggie Thatchers Freund war? Siehste. Hätte Sherlock Holmes nicht Watson an seiner Seite gehabt, sondern eine junge adrette Adelige, die viktorianische Leserschaft hätte jede Seite nur umgeblättert, um ENDLICH und *for heaven's sake* eine wüste Sex-Szene zu finden. Holmes hätte in diesem Fall nicht die Zeit für animatives Geigenspiel gehabt, sondern hätte sich auf englisch-merkwürdige Weise im Bett verausgaben müssen. Vielleicht noch mit Strapsen und Plastiktüte über dem Kopf. Der Arme.

Bei Miss Marple hingegen funktioniert die Zusammenarbeit mit ihrem Gehilfen Mr. Stringer nur, weil die beiden sich in einer Alterklasse bewegen, in der Sex, diese vereinende und doch auch zerstörerisch wirkende Triebfeder, nicht mehr so die Rolle spielt wie bei serotoningetriebenen Männern, die sich, nahezu trunken von diesem herrlichen Hormon, wahl- und zügellos verhalten. Bei Miss Marple ist vermutlich Vasopressin im Überfluss im Blut: Das Hormon, auch Monogamie-Molekül genannt, mäßigt sowohl Mr. Stringer als auch Miss Marple und verbessert zudem in Sachen Frauen seine Urteilsfähigkeit. Um gegen solch starken Tobak anzukommen, muss Mann schon einen oder besser gleich fünf Burning B52 nehmen.

Selbst Dr. Jekyll und Mr. Hyde waren zwei Männer. (Ich weiß. Der Autor war übrigens Schotte!) Kara Ben Nemsi Effendi und Hadschi Halef Omar prägten die kleinen Tarzans. Winnetou und Old Shatterhand. Klaro. Aber Old Shatterhand und Nschotschi? Das wäre das Ende aller wilden Abenteuer gewesen. Düstere Legenden wären erzählt worden, aber es hätte keine echten Herausforderungen mehr gegeben. Karl Mays Gesamtwerk bestünde aus nur zwei Bänden (wobei der zweite gerade noch ein Heftchen gewesen wäre). Für uns aber stehen pralle 70 Bände Lesevergnügen bereit! Und alle dick wie Schwein! Das ist super!

Weitere Beispiele gefällig? Tom Sawyer und Huck Finn. Calamity Jane (!) dagegen war immer allein. Simon und Garfunkel galten als ein äußerst erfolgreiches Pop-Duo, Ike und Tina Turner dagegen hielten es nicht zusammen aus. Sundance Kid und Butch Cassidy suchten in Bolivien gemeinsam den Tod (nachdem sie der gemeinsamen Freundin gemeinsam den Weg nach draußen geöffnet hatten). Die coolste Art, mit einer ausgeflippten Frau umzugehen, demonstrieren die Blues Brothers. Sie zeigte kein Verständnis, obwohl nicht zu übersehen war, welchen Schwierigkeiten ihr Bräutigam auf dem Weg zur Hochzeit ausgesetzt war. Während sie – typisch hysterisch weibisch – zur Waffe greift und verzweifelt versucht, alles niederzumähen, was sich ihr in den Weg stellt, bleiben die Brüder angemessen ruhig: Ein schlichter, liebevoller Kuss zeigt ihr schließlich ihren Platz, den sie dann auch gerne einnimmt. Zehn Tarzan-Punkte aufs Tigerfell für diese wirklichkeitsnahe Umsetzung der angewandten Tarzan-Strategie.

Und bei zwei Mann ist noch längst nicht Schluss: Captain Kirk und Spock – und Pille. Die Männer-WG aus der Zukunft. Ein Modell mit sogar mehr als drei Männern, das sichtlich die Jahrtausende überdauert, bis … ja, bis Janeway aus den unendlichen Weiten auftauchte. Doch bis zu diesem unwürdigen Ereignis, das von Drehbuchautorinnen nur in die Geschichte eingebaut wurde, um eine weibliche Zielgruppen für das Thema »Besiedelt den Mars« zu begeistern, standen die drei ebenfalls mit ihrer überwiegend männlichen Crew vor den unglaublichsten Herausforderungen. Immer wenn auf einem Planeten leicht beschürzte Frauen auftauchten, war klar: Die bringen den armen Kirk echt in Schwierigkeiten. Dann mussten die Männer zusammenhalten wie nur selten. Stets war es ein Leichtes, der totalen Hirnkontrolle der unheimlichen Energiewolken zu trotzen, es gelang immer, die miesen Klingonen-Krieger auszutricksen, und der sich rasant vermehrenden Tribbels-Gefahr wurden sie Herr: Immer schaffte es die Crew, sich dem Würgegriff der galaktischen Bedrohungen zu entziehen. Es sei denn, diese famosen Planeten-Girls tauchten auf. Dann wurde es recht bitter. Spannend. Würde Kirk weich werden? Pille doch zu seiner Krankenschwester finden? Wollte Spock endlich mal Gefühle zeigen? Wenn die drei zusammenstanden wie einer, konnten sie allen geklonten Schönheiten widerstehen und der Menschheit den Fortbestand sichern. Wie dereinst Tarzan. Und die drei Musketiere.

Und, ach! Die Cartwrights! Auch sie Sinnbild der positiven Männergruppe, generationsübergreifend, stark, zielführend, einig. Auf der Suche nach Grenzen, die sich überschreiten lassen, wie die Enterprise-Crew Jahrhunderte später: Immer allen inneren und äußeren Gefahren trotzend. Ja, all diese Männer setzten ihre Schritte dorthin, wo nie zuvor ein Mann gewesen. Dabei kam niemals auch nur der Gedanke auf, dass sie all das für jemand anderes tun könnten als für Jane: neue Lebensräume sichern, neue Beutetiere oder andere exotische Aliens vor die Haustür legen, einfach mal ein anderes Fell mit nach Hause bringen – das freute sie, wenn sie als Frau des Astronauten zu Hause saß oder ausnahmsweise in der Ponderosa mal Wäsche waschen oder Sättel schrubben durfte.

All diese Männer waren Tarzan.

Bier contra Prosecco

Noch einmal zurück zu Harry und Sally … Na ja. Sicher gibt es kaum etwas Besseres als das Werben um eine schöne und wunderbare Frau, die gespannte Erregung, ob Tarzan sie rumkriegt, das erste Mal (was auch immer darunter zu verstehen ist – es ist jedes Mal was wirklich Besonderes). Das zehnte Bier hingegen schmeckt nur mit dem Kumpel. Und das 15. auch. (Kölsch, nicht Maß. Bei Maßen reichen schon vier oder fünf aus, um Hochgenuss zu erleben. Oder zwei, wenn's ein rechter Doppelbock ist. Denn Tarzan kennt seine Grenzen. Schließlich muss er immer in der Lage sein, Sabor zu widerstehen und gegebenenfalls auch zu erlegen.) Außerdem trinkt Jane eh nur Prosecco, kippt kichernd nach dem dritten Gläschen rückwärts vom Barhocker und himmelt im Krankenhaus schon den Oberarzt an, wenn Tarzan noch die Vase für das Veilchensträußchen sucht. Außerdem neigt sie dazu, pausenlos zu reden.

Eine solche Atmosphäre ist nichts für Tarzan: Ein schönes Glas

Bier will in einer gewissen würdigen Ruhe, mit Respekt vor der jahrhundertealten Tradition genossen werden. In Gedanken an all die Mönche, die ihr Leben dem Erhalt dieses Trunkes gewidmet haben, die Rezepturen von Mund zu Ohr weitergaben und diese dann immer weiter verfeinerten. Auch das ist bei Jane anders: Hauptsache, das Blubberwasser kommt aus einer recht bunten Flasche, hat einen trendigen Namen und wird in den Frauenzeitschriften als »Das Getränk des Sommers!« angepriesen. Dann muss es her und rein. Dagegen ist an sich wenig zu sagen. Solange Jane es mit ihren Mädels anlässlich des monatlichen Frauenabends süffelt. Tarzan indes bleibt bei den ehrwürdigen traditionellen Getränken aus nicht genmanipuliertem Hopfen und Malz, mit purem Geschmack, gerade so, wie sie auch im Urwald hätten gebraut werden können.

Bier! Und nachher die Fahne! Das ist eben so, Mädels! Ihr müsst euch auch damit abfinden, dass Tarzan dann ins Bett fällt und Jane noch ein Helles-Bäuerchen ins verschlafene Gesicht bläst, bevor er mit einem wilden Schnarchen kundtut, dass hier keinesfalls leichte Beute ruht, sondern ein ernst zu nehmender Gegner. Er möchte halt, dass Jane sicher schlafen kann.

Pass dich an, Jane!

Dennoch ist es nicht so, dass Tarzan diese strenge Rollen- und Lebensteilung nur schön findet: Wie gerne würde auch er das Erlebnis mit Jane teilen, zum Beispiel in einem Country-Schuppen zu stehen und »Ring of Fire« zu hören, intoniert von der prima Drei-Mann-Kapelle aus irgendeinem Vorort? Wie gern würde Tarzan Janes Sopran in seinen Bass einfallen hören, wenn sie gemeinsam auf dem Punk-Konzert »Ausziehen, Ausziehen« skandieren. Oder Janes starren Blick genießen, wenn sie bei *The Jim*

Rose Circus Show zusieht, wie sich ein Mann ein Kondom durch die Nase in den Rachen schiebt.

Derartig intensive gemeinsame Erlebnisse aber entgehen Tarzan und Jane, weil sie sich nicht anpassen will. Seine Welt nicht betreten möchte und sich immer noch in der Nähe eines schon so oft erträumten silbernen Prinzen wähnt, der, Jane, das muss dir mal jemand in aller Deutlichkeit sagen, NICHT KOMMEN WIRD. Tarzan ist die Realität, der es sich anzupassen gilt.

Der Mann hingegen hat es im Lauf der Menschheitsgeschichte versucht und sich der weiblichen Welt angenähert: Indem er etwa die Couvade praktiziert, ein mediterraner Brauch, bei dem sich der Mann nach der Geburt des Sohnes ins Bett legt und recht leidet, also die Mutter imitiert. Er wurde dann auch so behandelt wie die Wöchnerin. Das ging im Baskenland bis ins 19. Jahrhundert so. Dort herrscht bis heute Terror!

Tarzans Tipps

Lass Ingrid ziehen!
Trinke dein Bier am Stammtisch!
Lass Jane in ihren Film gehen. Gehe du in deinen. Trefft euch danach an der Bar. Sprecht nicht über die Filme.
Pass dich nicht an. Sie wird es nie und nimmer verstehen.

Die drei Ks:
Katzen, Kinder, Karriere? – Tarzans Familienplanung

Keine Frage, die K-Frage ist selbst für Tarzan ganz schwer zu beantworten: Eine Katze für die Jane des Herzens? Doch lieber ein Kind? Oder ist eine Karriere noch besser, damit genug Kohle für Jane und ihre diversen Wünsche reinkommt?

Es ist schwer genug, diese Frage gemeinsam zu beantworten. Doch da nur Tarzan über den geschulten Weitblick verfügt, alle Konsequenzen der K-Entscheidungen zu übersehen, steht er oft ganz alleine da. In Janes Gene ist für die Alterstufe 18 bis 35 schlicht »Kind, irgendwie von irgendwem, am besten von Tarzan« gemeißelt. Darauf folgt – von 35 bis 42 Jahren – das »Jetzt aber gaaanz hurtig!« und ab 42 Jahren bis Ende »frustriert bleiben«. *Tarzan* dagegen weiß: Selbst wenn er schon die Rente bekommt und die erste Lebensversicherung in einen Mercedes SLK umgesetzt hat, bleibt er für die ein oder andere Jung-Jane attraktiv, die ihm ein Kind schenken möchte.

Alles ist möglich

Zusätzlich zu Janes genetisch bedingten Wünschen pulsiert im Hintergrund chronisch und wie eine kosmische Hintergrundstrahlung das latente Bedürfnis »Katze zum Kuscheln! Katze zum Kuscheln!«, das sich mit der beständigen Begierde »Mein Mann macht Karriere, mein Mann macht Karriere« zu einer Suppe vermengt, die Tarzan erst mal auslöffeln muss. Jane glaubt nämlich – nicht ganz zu Unrecht –, Tarzan könne alles. Allerdings kann auch er nicht alles auf einmal. So ist's auch für echte Männer schwierig, alle Dialoge aus *Zwei glorreiche Halunken* mitzusprechen, Janes Tageserzählungen zu lauschen und dabei eine neue DVD zu rippen. Schwierig! Nicht unmöglich. Jane hält solche Fähigkeiten bei Tarzan für selbstverständlich. Zum einen deswegen, weil in den vergangenen 50 Jahren fast ausschließlich die Doppel- und Dreifachbelastung der Frauen öffentlich bejammert wurde. Dabei fiel bisher irgendwie unter den Tisch, dass Männer die Wahnsinnskarriere machen, auf dem Weg nach Hause eben schnell doch noch die 20-Kilo-Packung Windeln auf dem Bierkasten in den fünften Stock tragen sollen, und ab zwei Uhr morgens den schreienden Wurm kilometerweit durch die Wohnung tragen dürfen: Weil Jane ihn ja schon tagsüber am geselligen Spielplatz gemeinsam mit ihren Freundinnen beim Picknick hütet, sie außerdem »ja auch mal schlafen muss« und – überhaupt! – das nun mal so verabredet ist. Der zweite Grund für Janes Tendenz, immer alles gleichzeitig zu machen und zu fordern, liegt in ihrem Höhlen-Dasein: Dort in den engen Räumen konnte ihr genauso wenig etwas entkommen wie in den winzigen Häusern und Wohnungen der modernen *Emma*-Abonnentinnen. Alles, was sie anfasste, konnte sie sofort wieder fallen lassen, um kurz ein Telefongespräch zu führen oder eben mal einen Kuchen zu backen. Auch wenn sie erst nach sieben weiteren Anfängen die ursprüngliche Tätigkeit wieder aufnimmt, ist jede Wollmaus noch am selben Platz.

Tarzan dagegen ging strategisch vor und war es gewohnt, das Angefangene auch zu Ende zu führen: Hätte er den Kampf unterbrechen sollen, weil sich zufällig ein alter Freund vorbeischwang? Oder die frisch erlegte, noch dampfende und blutende Beute den

Ameisen überlassen und erst mal baden gehen? Zwischendurch doch versuchen, ob sich aus den Rinderhufen Stiefel basteln lassen? Als Kapitän im Sturm in der Kombüse nach dem Rechten sehen? Als Astronaut den Saturn-Orbit verlassen, um kurz ein Foto vom dritten Mond zu machen? Nein.

Tarzan macht also erst Karriere, zeugt dann zügig eine Hand voll Kinder, und diese bekommen eine Katze, die sowieso Tarzan und Jane versorgen müssen, weil die Gören nach wenigen Tagen die Nase voll haben – und die Katze verschreckt ist.

Krakeelende, frische Erdbewohner

Für den neurotisch-verwirrten, von der Frauenliteratur weich geklopften Bubi steht im Normalfall ganz schnell das zweite »K« im Raum: K wie Kind! Vor allem, wenn Jane ihre biologische Uhr ticken hört, kommt dieses Thema immer wieder auf. Diese Entscheidung aber ist für arme unausgegorene Bürschchen mit wahren Horrorvisionen verbunden: Will Mann wirklich ein schreiendes Etwas in die Welt setzen, das in etwa genauso lange von ihm abhängig bleibt wie eine Katze? Unvorstellbar, denn das bedeutet für die Dauer von etwa 18 Bundesliga-Saisons nur Stress und Verantwortung. Kein sorgloses Grillen mit den Kumpels. Kein Gucken der Übertragung auf dem mobilen Fernseher in den Flussauen, kein nächtliches Mal-eben-Aufstehen und den Boxkampf in der Originalzeit Ansehen. Und erst die geselligen Abende mit den besten Kumpels.

Neun Monate Leidenszeit

Für Jane dagegen ist das Austragen und Gebären eines – Tarzans! – Kindes die höchste Wonne. Nicht nur, dass sie dem

Rudel zeigen kann, dass sie von Tarzan auserwählt wurde und seine Nachkommen nun austragen darf, nein, sie muss neun Monate lang nicht mehr auf ihre Figur achten, darf endlich futtern, wann sie und was will, muss keine Migräne vorschützen. Jane kann sich mit ihrer Mutter tagelang auf das Sofa setzen, Talkshows gucken, Eis lutschen, Gurken knabbern und darüber jammern, dass ihr nichts mehr passt, weder das schöne geblümte Sommerkleid noch die erst kürzlich erstandenen Hüfthosen. Diese Klamotten sind natürlich mit Tarzans hart verdientem Geld bezahlt worden, genauso wie die jetzt so dringend notwendigen zwei Umstandshosen mit Gummibund und die Hemden, die sie trägt – die Tarzan so seltsam bekannt vorkommen, hat er sie doch in seinem Schrank hängen sehen und immer gerne getragen. Außerdem kann Jane endlich Tarzan herumschubsen, wie sie möchte: »Hol mir dies, bring mir jenes … oh … kannst mir mal eben die Schuhe zubinden? Ach nee, doch die anderen, die hier passen nicht zur Halskette.«

Für Tarzan sind das harte Zeiten. Denn kein Mensch interessiert sich für die Gefühle des werdenden Vaters. Alle von der feministisch-emanzipierten Weltverschwörung dominierten Verirrten fragen: »Wie geht's Jane?« Dass sich Tarzan an den exotischen Einkäufen aus 14 verschiedenen Geschäften einen Bruch hebt, schon jetzt nicht mehr schlafen kann, weil Jane den ganzen Platz auf der Spielwiese für sich beansprucht, viermal die Nacht laut stöhnend aufs Klo rennt, er ihren Hormonschwankungen schutzlos ausgesetzt ist … Solche Gedanken gelten heute schon als pervers! Häufig erscheinen dann auch noch die aus der wunderbaren Ferne angereisten Schwiegereltern, die Tarzan im Zweifelsfall ebenfalls beschimpfen, weil er sich nicht genügend um Jane kümmert. Spätestens ab jetzt muss er beständig beschwören, wie sehr er das Kind bereits in ihrem Bauch rumoren spürt – selbst wenn er das für Blähungen hält –, und schon auf dem verschwommenen Ultraschallbild die Ähnlichkeit mit Onkel Paul (mütterlicherseits) bewundern. Selbst wenn's ein Mädchen wird.

Ganz schwere Zeiten für Tarzan. Weit weg vom Country-Schuppen, die Club-Jahreskarte hat er vorsichtshalber schon mal Willi geliehen, das Bike steht abgemeldet auf einem Tiefgaragenplatz am anderen Ende der Stadt, die nette Bedienung im Pilsstüberl kennt nicht einmal mehr seinen Namen. Ebenfalls eher spaßfrei ist es für die werdenden Väter, im Geburtsvorbereitungskurs auf einer Sportmatte zu liegen, die Beine anzuziehen und dabei gaaanz laut zu schnaufen. Fragt ihn dann noch die dicke Hebamme mit dem Doppelnamen, wie er sich dabei fühlt, kommt ihm das kalte Grausen. Dann folgen die von anhaltenden Hormonschwankungen gereizten Streitereien um den richtigen Namen, weil Jane nicht einsieht, dass »Tarzan junior« ein klasse Name ist, der sogar kompatibel zu fast allen gängigen Nachnamen ist. Und allemal besser als Friedhelm – »So wie Onkel Friedhelm, weißt du noch?« – oder Hakan (»Als Mahnung für das Unrecht, das den Kurden angetan worden ist«). Und wofür das alles? Um eines Tages im Zoo einen Tobsuchtsanfall zu bekommen, weil der seit zwei Stunden quengelnde Tarzan junior wissen will, warum Erdmännchen Erdmännchen heißen.

Was Wunder, wenn die Männer – über ihre Rolle im Unklaren – die Symptome ihrer schwangeren Frauen übernehmen. »So schön wie die werdenden Mütter möchte ich es auch mal haben«, denken sie und imitieren das Verhalten der Frauen: Stopfen sich erst mit Currywürsten, dann mit zahllosen Eistüten voll, bekommen einen dicken Bauch und sind ständig gereizt.

Zwangsläufig folgen nach dieser Phase die einschneidenden Erlebnisse im Kreißsaal. Erst muss ein neuer Arzt geholt werden, weil der erste partout nicht wollte, dass Tarzan alles genau filmt und nun selbst versorgt werden muss. Und da Jane offensichtlich Schmerzen erleidet, muss noch ein dritter Arzt kommen, der den zweiten ablöst. Denn Tarzan sieht Jane nicht gern leiden. Jane indes weiß vor und auch nach der Geburt nicht, wohin mit ihrer Zärtlichkeit, und ist eine ganze Zeit lang ebenfalls verwirrt. Den gütigen Gatten mal wieder in den Arm nehmen? Dann müsste sie Junior für eine Millisekunde aus den Augen lassen. Das geht nicht.

Eine Zwickmühle, denn sie glaubt, Tarzan könnte es ihr übel nehmen, wenn sie ihn die ersten zwei bis drei Jahre nicht mehr so beachtet, wie Tarzan es gewohnt war. Doch er – immerhin der Herrscher des Dschungels! – wird auch damit fertig. Meistens besser als Jane, die vorsichtshalber sogar ihren Drang nach Sex unterdrückt. Ihre sonst so herrlich hallenden Lustschreie könnten den kleinen Stammhalter in seinem Schlaf stören, so lauten Janes Bedenken. Tarzan sieht darüber hinweg: Weiß er doch, dass Jane sich in ihrer neuen Mutterrolle glücklich fühlt. Problematisch wird es für sie vielleicht, wenn nach dem ersten das zweite und das dritte Kind kommen.

Anstrengend im fortgeschrittenen Alter des Nachwuchses sind die pausenlos gestellten und schon erwähnten Fragen wie: »Papa, warum heißen Erdmännchen Erdmännchen?« »Ja«, fragt sich auch Tarzan. »Warum eigentlich?« Leider fragt Junior nicht auch noch, wie Erdmännchen schmecken. Das könnte Tarzan sicher schnell erkunden, doch dieses Erlebnis würde inklusive der ersten Festnahme von Vater und Sohn als bleibende, aber wenig angenehme Erinnerung in die Geschichtsbücher der Familie eingehen. Vor allem der Schwiegervater, der als bald pensionierter Richter am Amtsgericht eine ganz andere Vorstellung von einem Schwieger-Tarzan hat als Jane, wäre sicherlich unglaublich unglücklich darüber.

Von Vaterpflichten und -freuden

In den vergangenen Jahrzehnten hat sich die klassische Vaterrolle gewandelt: Die Kinder wurden in Krippen großgezogen, Horden von Frauen umringten sie. Echte Männer haben die Kleinen nur von fern gesehen. Doch spätestens wenn Junior halbwegs auf zwei Beinen stehen und etwas Ähnliches wie ein ansatzweise gesteuertes »Bboaaarrhh« erzeugen kann, wird es Zeit für die Vorbereitung auf das harte, entbehrungsreiche Leben, dessen einziger Sinn und Zweck es ist, das eigene Wissen an einen weiteren Tarzan junior weiterzugeben – wie es seit Jahrhunderten gute Tradition ist. Also erläutert Tarzan die Regeln für die Spielerauswahl bei der nächsten Europameisterschaft. Um das für den Kleinen nachvollziehbarer zu machen, führt der erste Weg auf den Fußballplatz, den Junior erobern und beherrschen lernen soll. Dann werden systematisch die Stadien abgeklappert, in denen in den kommenden Jahren wichtige Spiel stattfinden werden – auch und vor allem die im Ausland. Außerdem stehen die wirklich scharfen Kurven auf dem Nürburgring auf dem Programm, Super-Krach und Benzin-Gestank inklusive. Wichtig ist auch die rechtzeitige Ausprägung der Vorliebe von wahlweise Western oder Sciencefiction, weshalb Tarzan es auf sich nimmt, gemeinsam mit dem Junior die uralten John-Wayne-Filme oder – wenn's sein muss – noch mal alle Originalstaffeln von *Raumschiff Enterprise* anzusehen und zu besprechen. Später darf die Carrera-Bahn wieder aufgebaut werden, um alte Rekorde zu brechen.

In der sozial-liberalen Kinderkrippe steht all das nicht auf dem Programm. Das ist schade. Aber Tarzan weiß das und kümmert sich gerne um sein Kind.

Fehlt Junior diese Fürsorge, ist es kein Wunder, dass vor allem die Jungs – statt zu ordentlichen Kerlen heranzuwachsen – lieber in die Flimmerkiste starren und sich per Xbox als Formel-1-Piloten versuchen oder in die Scheinwelten der DVDs und des Internets abgleiten. Das darf nicht sein. Es wird Zeit, dass Tarzan wieder seine Aufgaben als Vater wahrnimmt und den Jungs zeigt, wie mit nur einem Streichholz ein Feuer gemacht, ein Anti-Viren-Programm installiert und ein rohes Ei geschlürft wird. Damit könnte er auch Jane eine Freude machen, weil sie an dem Survival-Wochenende unter Männern mit ihrer Tochter die ersten Schminkversuche unternehmen kann, ohne dass sie dabei mit männlichem Unverständnis rechnen müssten. Darauf ist Tarzan genauso stolz. Weiß er doch, dass seine wunderbare Jane juniose einen anderen jungen Tarzan selig machen wird. Beglückt beobachtet Tarzan, wie Jane ihrer Tochter die Geheimnisse des Lebens erläutert, wie die sehr junge Frau lernt, zu neuen Klamotten zu kommen, und warum sie auf dem Beifahrersitz so gut aufgehoben ist. Und wie sie jemanden dazu bringt, den DVD-Festplatten-Rekorder zu programmieren, damit *Charmed* aufgezeichnet wird.

Im schon bald folgenden Abnabelungsprozess gibt es einen wichtigen Wendepunkte, an dem auch Jane tränenreich erkennen wird, dass ihr kleines Schätzchen nun zum echten Mann wird: die erste Bärenjagd steht an. Wild und gefährlich, wie das Leben für junge Rabauken ist. Natürlich diskutierten Jane und Tarzan ordentlich darüber: »Jetzt ist er so weit.« – »Ist er nicht.« – »Ist er doch.« – »Nein, ist er nicht.« – »Doch.« Am Ende wird jede Jane erkennen, dass sie ihren Sprössling nicht halten kann.

Bestens von Tarzan erzogen und auf die grausame Welt vor der Tür gut vorbereitet, wird Tarzan junior nach seinem 18. Geburtstag sein Ränzlein schnüren und hinausziehen in die weite Welt – sie erobern und sich untertan machen. Jane juniose wird dagegen eines Tages (»KIND! Viel zu früh!!!«, wie Jane immer meint) von einem ungestümen Tarzan junior aus dem Haus geholt – auf den ersten tausend Metern von Tarzan verfolgt, der seine Tochter wiederhaben will.

Das alles ist natürlich nicht leicht für Jane. Und oft genug kommt Junior ja bedauerlicherweise auch zurück ins Hotel Mama zur heimischen Waschmaschine, zu Kühlschrank und der Weinsammlung. Dabei muss eines klar sein: Tarzan senior lässt sich aus seinem Heim nicht so leicht verdrängen, notfalls kämpft er auch mit seinem Sohn um das Sagen im Haus. Die Tochter nimmt er ohnehin gerne wieder auf, wenn sie von einer Flasche sitzen gelassen wurde. Mit der Flasche führt Tarzan später noch ein kurzes Einzelgespräch.

Die Erzfeindin im eigenen Haus

Da ist der Umgang mit einer Katze für Tarzan doch einfacher: Ihr muss er nicht beibringen, Anti-Viren-Programme zu installieren, und sie kann auch nicht mit einem Streichholz Feuer machen. Und nach 18 Jahren ist mit ihr ebenfalls Schluss, aber immerhin ohne dass dem jahrelanges pubertäres Gezeter vorausgehen würde. Was es aber zu bedenken gilt: Die Katze ist immerhin und schlicht und ergreifend Tarzans natürlicher Feind. Tarzan hatte mit Katzen – zumal wilden – immer Probleme. Deshalb der legendäre Kampf gegen Sabor. Schwierig wird's aber, wenn Jane Tarzan mit dem Blick, der (fast) immer wirkt, ganz lieb anschaut, leise schnurrt und ein Kätzchen möchte: »Sooo eine Süße, schau nur. Und die raue Zunge.« Dass Katzen Tarzan nach mühselig durchzechter Nacht in aller Herrgottsfrüh per Prankenschlag wecken, ihn wachstarren (das Anstarren gehört im Tierreich zu den aggressivsten Verhaltensweisen, die es gibt), im Klo die Streu verteilen, bis Tarzan nächtens nur noch mit knirschenden Cowboystiefeln zum Pinkeln gehen kann, ihre Haare überall verteilen, das teure Ledersofa samt Sesseln zerkratzen, in die Ecken pinkeln, beim Sex zugucken und sich am Ende irgendwie beteiligen wollen … das alles ficht Jane nicht an. Sie tut alles, um Tarzan die größte Widersacherin ins Haus zu holen. Als Verstärkung quasi.

Doch Tarzan stellt sich dem: Zwar ist ihm klar, dass die Reinigung des Katzenklos an ihm hängen bleiben wird – weil Jane sich GERADE die Fingernägel lackiert hat, der Müllsack mit der Streu so schwer ist, dass Jane ihn nie nicht hochbekommt, sie aber weiß, dass Tarzan ihn immer hochbekommt. Das setzt natürlich voraus, dass Tarzan den schweren Gigantensack aus dem Sonderangebot (»Der ist viel billiger als der kleine 20-Kilo-Sack, Liebling«) mal wieder in den fünften Stock getragen hat. Und auch das Katzenfutter muss Tarzan raufschleppen, da er schließlich für die Essensbeschaffung zuständig ist. Alle Dosen. Immer. Und nicht etwa das billige Futter, es sollte schon das etwas bessere sein für die sooo süße Katze. Das dafür nötige Geld kann Tarzan ja beim Benzin oder Billard einsparen, meint Jane und massiert sich eine weitere Hand voll des sündhaft teuren *All-Sport Non-Freeze Face Protectors* in ihre herrlichen Wangen.

Und hat sich Miezi in die Regenrinne verirrt, ist es selbstverständlich Tarzan, der seine alten Schwingerkünste unter Beweis stellt und sich an der Rinne entlanghangelt, wobei er zulässt, dass Miezi ihre ängstlich ausgefahrenen Krallen in seinen Unterarm schlägt, um sie trotz allem lächelnd zu retten. Zurück in der

Wohnung wird natürlich Miezi geherzt. Tarzan dagegen muss, und zwar zack, zack, eine Dose Katzenfutter aufmachen und servieren – als Belohnung.

Was am Ende übrig bleibt

Oder wäre es doch besser, all dem zu entfliehen, sich in die Arbeit zu stürzen und toll Karriere zu machen? So viel Kohle ranzuschaffen, dass Jane sich jede Menge Kinder, Kindermädchen (Jaaa!) und Katzen zulegen kann? Und trotzdem noch genug Geld für alle anderen Notwendigkeiten übrig bleibt. Seitdem Tarzan nach und nach die Welt für Jane zivilisiert, mit Leckereien gefüllt und prima Stoffe hergestellt, pfiffige TV-Sendungen produziert, knuffige Autos gebastelt hat und permanent sonstige Höchstleistungen hervorbringt, ist die Welt für ihn selbst schwieriger geworden. Sooo leicht lässt sich auch kein tolles Jane-Tool mehr erfinden, und nicht jedes wilde Tier, das Tarzan heutzutage erblickt, gehört auf der Stelle erlegt oder gezähmt. (Selbst wenn er diesen Reflex häufig verspürt – angesichts anderer Autofahrer oder dämlicher Damen.) Selbst das urmännliche Geräusch des Schnarchens erfüllt keine Funktion mehr und wird von *Gala*-Abonnentinnen mit dem Rauswurf aus dem Schlafzimmer geahndet. Boxen ist noch immer nicht gesellschaftsfähig und (legale) Autorennen sind langweilig geworden, wenn der ewig siegende Kerpener mitfährt. Es ist für Tarzan schwer geworden, eine angemessene Beschäftigung zu finden, wenn die Tchibo-Akkuschrauber schon von zarten Frauenhänden geschwungen werden und sich nicht einmal Ikea-Regale nur von echten Kerlen aufbauen lassen.

Für den durchschnittlichen Fleischerei-Fachverkäufer bleiben in Janes Augen nur noch wenige Aufgaben, die seiner würdig sind: das Kelleraufräumen gehört dazu. Denn dort liegt all der Unrat, den Jane seit Jahren von seinem Geld kauft, der höchstens zwei Tage in der Wohnung steht und dann im Keller verschwindet. Und weil die mit Klamotten und Kleinmöbeln, mit Fotos und Lampenschirmen gefüllten Kartons innerhalb weniger Tage von grauenvollen Killerspinnen und grässlichen Mammutasseln annektiert und eingewoben werden, ist's am Mann, immer mal wieder einen passenden Schal – »Doch nicht den lilanen, den rosanen wollte ich haben!« – oder das ach so wichtige Wohnaccessoire aus einem der Kartons zu wühlen.

Weicheier versuchen häufig, sich diesen demütigenden Szenen durch das Vortäuschen anderer, immens wichtiger Arbeiten zu entziehen: Samstägliches Autowaschen etwa gehört dazu – als benötigte Tarzan einen ganzen Samstagvormittag, um das wenige bisschen Stadtstaub von seinem Geländewagen zu blasen. Nie im Leben. Tarzan fährt seinen verbeuteln Landrover mit der Alu-Karosse in die Waschstraße, in der diese reizenden Mädels aus der Bikini-Werbung den Schlauch schwingen und noch den allerletzten Schaum aus dem Schwamm drücken. Und das macht er, wenn er es für nötig hält, und nicht etwa, wenn Jane ihn in den Keller schickt, um einen lila Schal aus dem Karton im Regal ganz hinten zu wühlen.

Wer sich so herumschicken lässt, neigt dazu, auch andere merkwürdige Rituale zu pflegen, bei denen Männer beweisen dürfen, dass sie es noch bringen: So gehört es in manchen spanischen Städte dazu, vor einem Stier wegzurennen. Dafür kann Tarzan kein Verständnis aufbringen. Dem Stierkampf – direkt, männlich-herb, fair – kann er durchaus etwas abgewinnen: Hier der wilde Stier, Sinnbild für schäumendes Testosteron, wilde Gewalt, pure Kraft, auf der anderen Seite des winzigen Tuches nur ein Mann. Das sind echte Zweikämpfe, die von Angesicht zu

Angesicht ausgetragen werden. Von wegen vor dem Gegner weglaufen, das wäre ja noch schöner.

Arbeiten unter Frauen

Geht es um den Arbeitsalltag, sieht es mittlerweile ähnlich erschreckend aus wie in der Sportwelt. »Nicht nur für Männer!«, jammern Personalchefs, denen ebenfalls die echten Kerle ausgegangen sind. Nicht zufällig dürfen bei Polizei und Bundeswehr Frauen dienen. Dahinter steckt weniger die Emanzipation als vielmehr das Fehlen von Männern, die diese Arbeit noch machen wollen. Heutzutage kann es Tarzan sogar passieren, das kein Er, sondern eine Sie in seinem Job das Sagen hat. Leider ist das dann nicht immer eine blonde Venus im kurzen Röckchen, die jede Idee, die Tarzan mit seiner unendlichen Erfindungsgabe ausheckt, mit einem glockenhellen, zustimmenden Lachen bewundernd akzeptiert. Außerdem setzen sich die wenigsten Chefinnen auf die Schreibtischkante, um ihre herrlichen Beine zu zeigen. Mit dieser Art Vorgesetzter könnte (!) Tarzan sich ja eventuell noch anfreunden. Aber nein. Häufig werden die schlimmsten Visionen wahr: Als Chefin treten durchaus rund 80 Kilo schwere, zwergenhafte, hornbebrillte, schlecht frisierte Frauen auf, die zu allem Überfluss diese unglaublichen Klamotten in schrecklichen Brauntönen tragen, für die es ein eigenes Versandhaus geben muss.

Das mit den weiblichen Chefs kann aber auch allein deshalb nicht funktionieren, weil alle wichtigen Entscheidungen im Business auf dem Klo getroffen werden – wenn alle relevanten Führungspersönlichkeiten der Firma schweigend nebeneinander an den Pissbecken stehen und in Gedanken versunken versuchen, Tore zu pinkeln. Der Gewinner gibt beim Händewaschen die

Strategie für die kommenden sechs Monate vor. Wie soll eine Frau da mitmachen? Hier kann sie wohl kaum den ihr zustehenden Platz in der zweiten Reihe einnehmen. Auch das Steh-Pinkel-Gerät für Frauen »Susan Stahnke« ist keine wirkliche Lösung. Wie soll sich da eine Frau über die Grundlagen für Entscheidungen informieren? Zumal sie dem Vortragenden keinerlei Hochachtung zollen kann, wie es unter Männern durch ein kurzes Zwirbeln des Ohres des Nebenpinklers üblich ist.

Selbst wenn Jane in ihrer Firma alle Frauen zu sich aufs Klo ruft, wird das kaum von Erfolg gekrönt sein: Wie soll das aussehen? Die kreischend-kichernde Mädchen-Crew merkt sich, wer welche Schuhe trägt. Zwar ist das für Frauen generell kein Problem, aber kaum zielführend. Selbst wenn sich dann jedes dieser weiblichen Wesen in eine der Kabinen zurückzieht und unter den Trennwänden hindurch nachschaut, ob sich während der wichtigen Besprechung ein unbekanntes Paar Schuhe zu den bekannten gesellt – am Ende ein paar feindliche Cowboystiefel –, ist das wohl kaum mit einem schnellen Plausch unter Männern an Urinalen vergleichbar. Das wäre unwürdig und frauenfeindlich.

Für Tarzan ebenfalls unvorstellbar: dass Chefin ihre kurzen, durch goldene Ringe eingeschnürte Finger auf seinen harten Schenkel legt und ihm in sein enthaartes Ohr haucht: »Hey, Herr Müller, Schätzchen! Koch uns doch mal einen Kaffee, ja?« Auch die Geschäftsreisen sähen komplett anders aus, die gemeinsamen typisch-männlichen Rituale müssten wohl ausfallen. Oder wie sollte Mann nach einem gelungenen Geschäftsabschluss, nach der großen 4000-Kilometer-Transport-Tour von Lissabon nach Hamburg mit einem Konvoi von vier Achtzehntonnern, wie nach dem erfolgreichen Beutezug gegen das Tigerrudel noch gemeinsam auf einen kurzen Abstecher ins Bordell gehen, wenn die goldene Kreditkarte in der Handtasche einer Frau steckt?

Jobs - garantiert ungeeignet

Entscheidend dafür, dass alles seinen geordneten Gang gehen kann, ist daher die Wahl des Jobs. Was Tarzan zum Beispiel gar nicht kann, ist Sabbeln wie ein TV-Moderator. Das ist echte Frauen-Arbeit: gut aussehen und schwafeln. Oder aus dem Off hauchen: »So, Tarzan, jetzt musst du dich entscheiden. Nimmst du Kandidatin eins, die dir immer treu ergeben sein wird und sich toll aus dem Baströckchen strippen kann, oder Kandidatin zwei, die deine Chefin sein möchte, um dich zum Diktat zu rufen und bei dir Kaffee zu bestellen. Oder wählst du Kandidatin drei, die engagierte Vorsitzende des Clubs ›Freiheit für Frauen 04‹ und Gewinnerin des Wen-Do-Sport-Arwards 2001 und 2002.« Solche Sachen kann Jane wirklich super. Aber Bürschlein, die sich inmitten von Kabel- und Pappschilderträgern hinter Schreibtischen verstecken und aufgeschriebene Fragen wie »Was hat das damals mit dir gemacht?« ablesen oder: »Wollen Sie über Ihr erstes Mal reden?«, sind Tarzan ausgesprochen suspekt. Genauso wie eine Ansage à la: »Komm, wir kochen was Leckeres wie Blumenkohl an Artischocken-Sud und geklopften Kartoffeln in 1987er Haberschlachter Krötenschlund und reden dabei ganz zwanglos ein bisschen über deinen letzten vollkommenen Absturz ins Drogenmilieu.« Das reizt Tarzan wirklich nicht: Diese Schwiegermuttertypen werden vermutlich von der allmächtigen Fernsehindustrie längst in Köln-Hürth geklont. Geschieht aber etwas, das nicht in ihr programmiertes Programm passt, ist die Aufregung groß: Sagt ein Fußballtrainer wenigstens EINMAL klar und deutlich, was Sache ist (»Das war Käse! Großer Käse. Ganz großer Käse. Käse«) und bringt dann noch zum Ausdruck, was ihn nervt, herrscht Chaos. Der Moderator erschrickt, lehnt sich zurück und lächelt – in der Hoffnung, ganz schnell ausgeblendet zu werden –, um diese wirklich unartigen Worte nicht weiter hören zu müssen. Die Aufnahmeleitung erbleicht und weiß gar nicht, wohin schalten, der Blätterwald rauscht tagelang und fragt: »Darf der das?« Wäre der beteiligte Moderator ein Tarzan gewesen und kein rasiert-blasierter Weißbiertrinker, er hätte dem Trainer zugestimmt und hart, aber herzlich mit ihm diskutiert. Stattdessen wurde er in Talkshows eingeladen, um ganz zwanglos darüber zu plaudern, wie furchtbar es für ihn war, als ein Gast plötzlich seine Meinung vertrat.

Wie sehr einen Mann dieses Geschäft verweichlichen kann, beweist Günther Jauch: Der darf in der Werbung sogar im Bad einer badenden Schönheit auftauchen, ohne dass diese sich sexuell belästigt fühlt oder ihn möglicherweise sogar in die Wanne ziehen wollte. Im Gegenteil lauscht sie seinen Erläuterungen für irgendein Produkt. Günther ist offenbar schon geschlechtslos geworden, so dass er nicht einmal mehr im Badezimmer stört. Genauso wenig wie eine Waage. Für diesen ultimativen Schwiegersohn könnte die letzte Herausforderung so aussehen: Er interviewt sich selbst als Stern-TV-Moderator, weil er im Sportstudio einen Gesprächspartner hatte, der klar und deutlich seine Meinung gesagt hat. Und dieses wunderbare Interview – »Tut mir echt wahnsinnig leid, Günther, du, dass ich dich jetzt abwürgen muss, aber da draußen hinter der Bühne sitzt der Günther, den ich auch noch interviewen muss. Toll, dass du da warst« – unterbrechen muss, weil »Wer-wird-Millionär«-Jauch backstage ist. Und deshalb geht der Sport-Jauch aus dem Studio, der sofort von dem Günther abgelöst wird, der schon fünf Millionäre auf RTL gemacht hat. In der Werbung dazwischen: Günther Jauch und die Klassenlotterie, Otto und Bier im Regenwald, Günne als Dauerwerbesendung für genmanipulierte Schwiegersöhne. Kein Wunder, dass auch die Omi-Generation mit echten Kerlen nichts mehr anzufangen weiß und stattdessen beim ersten Treffen mit Tarzan, dem Auserwählten ihrer Tochter, stammelt, dass Günne diese Antwort aber sicher gewusst hätte oder sie jetzt lieber einen Fifty-Fifty-Joker setzen wolle, und hoffe, dass Tarzan von der Kaffeetafel verschwindet. Nur die wenigen verruchten Omas, die es noch vereinzelt in winzigen Biotopen geben soll, hoffen, dass ihre Tochter verschwindet und Tarzan für sie übrig bleibt. Aber das sind wirklich nur wenige. Wenn es einen Mann schon durch die Unwirtlichkeiten des Lebens in den grausamen Beruf des Moderators verschlagen hat, dann sollte dieser sich am Grupe-Interview ein Beispiel nehmen. Schweigen ist einfach mehr.

Und für wen machen diese Moderatoren-Weicheier das alles? Richtig. Für Jane und all ihre Schwestern, weil sie die einzigen sind, die tagsüber Zeit haben, diese Talkshows und unendlichen Wiederholungen anzusehen, sich diese unglaublichen Werbeblöcke reinzuziehen. In denen Männer auf das Ranschaffen von Kohle, Bohren von Löchern und Fahren von schicken Autos reduziert werden, während die Frauen immer ALLES können: den Haushalt schmeißen (okay), Geschirrspülmaschinen mit dem richtigen Kalklöser befüllen (dabei würde es erst recht mit dem Nachbarn klappen, wenn sie ihn einfach von sich aus ansprechen würde) oder Tütensuppen kochen (womit sie einmal mehr in eine klassische Männerdomäne eingreift).

Doch es gibt noch einige andere Berufsgruppen, die für uns Männer und alle, die es werden wollen, völlig inakzeptabel sind.

Frisör

Ausgeschlossen. Nie. Um Gottes willen! Tarzan verkrallt sich in Sabors Fell, um in eine überlegene Stellung zu kommen. Nie würde er Spitzen schneiden, Strähnchen hellrosa färben oder mit dieser halben Schere Nackenhaare dünn schnippeln. Und vielleicht dabei noch süßlich-schwulstige Sätze säuseln wie: »Dein Haar ist schon viel voller geworden.« Oder: »Du siehst aber gut aus, Detlev.« Oder »Und! Wo geht's hin! Im Urlaub!?«, um dann zur Drei-Wetter-Taft-Sprühdose zu greifen. Nein, das ist des Mannes Sache nicht: Männer kennen den Skalp nur als Beute der Indianer.

Fleischerei-Fachverkäufer

Verwirrten Hausfrauen erklären, dass der Putenaufschnitt für 99 Cent 100 Gramm weniger Fett und Cholesterin enthält als der Frischwurstaufschnitt links daneben, die acht Kilo blutige Rinderleber schön in den Edelstahlschüsseln und Petersilie-Sträußchen auf dem Schweinedarm verteilen. Das ist nix für Kerle. Ein Mann schleppt heran, was er und Jane brauchen, zerlegt dies fachgerecht und gerne, gibt auch eine Keule für hungernde Sippenmitglieder ab, stellt sich aber nicht stundenlang hinter gekühlt und heimlich rot beleuchtete Glastheken, um die Beute anzupreisen.

Immobilienmakler

Das ist Beutemachen auf Kosten anderer. Sich nur in eine leere Wohnung zu stellen, die zwischen Hauptverkehrsstraße und Hauptbahnhof liegt, inmitten der Baustelle für das neue Stadtzentrum, und noch nicht einmal einen Blick über die Dächer verspricht, und zu sagen: »Toll. So würde ich selbst gerne wohnen.« Und dafür dann noch Provisionen von hungernden Großfamilien kassieren. Das ist pure Niedertracht. Ein Mann kann das nicht: »Scheiß-Wohnung«, würde er sofort und jedem sagen.

»Laut, teuer, Untergrund belastet, nix für Janes zarte Haut, Junior kann nicht in den Bäumen spielen.«

Fußpfleger

Sicher, jeder Mann schnippt manchmal seine kantigen Fußnägel durchs Wohnzimmer und findet das nicht schlimm. Aber anderen die Hornhaut von den muffigen Quadratlatschen rubbeln und dann die Fußnägel schneiden – nie im Leben. Nur als Sklave von Sabor, der Tarzan die Krallen allerdings gerne kürzen würde. Dieser Beruf ist ähnlich fürchterlich wie der des Schuhverkäufers, dessen unwürdiges Leben wir ja seit dem Auftauchen von Frauenversteher Al Bundy genau kennen.

Psychologe

»Wie hast du das jetzt gemeint?« Dieser Satz wäre Tarzan nie über die Lippen gekommen. Er wusste genau, wie sein Gegenüber es jetzt gemeint hatte. Außerdem wollte er sich nicht unbedingt in die Gefühlslage der Gegner einfinden oder erfahren, was das jetzt mit ihm macht, wenn er über der toten Antilope hockt und sie ausnimmt. Tarzan wusste, dass sich das gut anfühlt. Deshalb hat er das ja gemacht. Daher sind seine Tipps für die Kumpels in heutiger Zeit kurz, knapp und klar: »Tu, was du tun musst.« Aber kein: »Na ja, ich versteh schon, dass du heute wie ein Verrückter alte Plattenspieler reparieren musst, wenn du als Kind nie diese fruchtige Erdbeer-Rhabarber-Marmelade bekommen hast. Darüber wüsste ich gerne mehr.«

Gummistrumpf-Stricker

… ach, was soll's … Die Liste könnte ganze Bücher füllen.

Die besten Jobs für wahre Tarzans

Doch wollen wir froh sein, dass es einige Branchen gibt, die für uns wie geschaffen sind. Hier können Personalchefs die Eigenschaften nutzen, die von einem Tarzan per se mitgebracht werden. Er passt sich hervorragend an, ohne sich einzuschleimen, das hat er schließlich ewig trainiert. Wie hätte das auch vor sich gehen sollen, zum Beispiel in einem Bambusgestrüpp, mit dem er sich nur tarnen wollte? »Du bist aber ein wirklich süßer Bambus«? Außerdem behält Tarzan immer sein Ziel im Auge. Das war schon früher so, niemals ließ er sich ablenken. »Jane hat Hunger, braucht neues Fell; Jane hat Hunger, braucht neues Fell; Jane hat Hunger. Hau ab, blöder Tiger. Jane hat Hunger, braucht neues Fell; Jane hat Hunger, braucht …« Und regelmäßig stellt sich Tarzan neuen Herausforderungen (»Immer nur Tiger, heute bring ich mal Rhinozeros mit«), setzt neue Technik ein (»Mit dieser Seil-Baum-Falle schaffe ich sieben Tiger auf einen Streich – wenn sie nur gleichzeitig in diese Schlinge tappen«) und will dafür noch nicht einmal eine Gehaltserhöhung. Kurz: Tarzans Qualifikationen sind ungeheuer wertvoll. Ein Wunder, dass die Wirtschaft überhaupt noch lebt, bei den zahllosen kopierenden Frauenverstehern, betriebsblinden Computerverkäufern und Big-Brother-Einsitzern – und wenigen Tarzans, von denen es bald hoffentlich wieder mehr geben wird.

Tarzan-Arbeit ist Arbeit für ganze Männer und Kerle. Tätigkeiten, die alle wichtigen Qualifikationen erfordern, die so schwer zu kombinieren sind, dass Jane – sieht sie einen solchen Glücklichen – erstarrt und ihm voller Hingabe huldigt. Jane ist stolz auf ihren Tarzan, weil er solche Dinge tun kann. Dinge, die sie nie tun könnte: wie etwa die Haare aus dem Badewannensieb nehmen. Oder den Apfelgripsch aufessen. Oder am Steuer eines Sechzigtonners sitzen. Denn Jane wird es ja schon am Steuer ihres Smarts manchmal ganz anders ums Herz.

Trucker

Hier kann ein Mann – ganz Herr seiner Selbst und über tausende von PS, also einer ganzen bezwungenen Mustang-Herde – Rekorde brechen (»Drei Tage ohne Schlaf! Super!«), futtern, was er mag (»So'n Schnitzel, nur mit Pommes. Klasse!«) und pausenlos sowohl guten Country als auch Western hören. Ab und zu nimmt der Trucker eine knusprige Anhalterin mit, der er dann ins Gewissen redet.

Investment-Banker

Kernaufgabe: In Sekundenbruchteilen Entscheidungen fällen, ungeheure Geldmassen bewegen, so Kriege verhindern und den Weltfrieden erhalten. Aber: Dann zurück in das Mauseloch, das du dir gerade mal so von deinem Micker-Gehalt in London leisten kannst, Kraft schöpfen für den nächsten Tag, an dem es um alles geht. Oder an dem aus allem nichts wird.

Kapitän

Tag für Tag auf der »Polar Star« in der eisigen Beringsee herumschippern, sich mit den Naturgewalten messen und den acht Sprachen an Bord herumschlagen, bedroht von eisigem Wasser und fürchterlichen Fangquoten. Um dich herum Tonnen von kaltem Fisch, aber weit und breit keine Frau, die dir mit Katzen-Wünschen in den Ohren liegt. Du kommst erst in den Hafen, wenn deine Aufgabe erfüllt ist. Dort wartet dann Jane auf dich, um in deine starken Arme zu fallen.

Astronaut

In der Stille der Raumstation berechnen, wo in den Saturnringen der winzige Durchlass für die Raumsonde ist, die das Leben auf diesem Planeten entdecken wird. Onanieren in der Schwerelosigkeit! Tütensuppen! TV nach Wunsch. Aus Oberpfaffenhofen wird dir alles, was du sehen willst, direkt auf den supermodernen Flachbildschirm der allerneuesten Generation gespielt. Und wenn Cheffe da unten kiebig wird, steuerst du deine milliardenteure Station einfach ein wenig näher an die Saturn-Ringe ran und schon wird er wieder still.

Handwerker

Ja, du schaffst mit deiner beiden Hände Arbeit einen Wert, der über Jahrzehnte Bestand haben wird. Im Angesicht deines Schweißes rührst du Beton glatt, hobelst das Brett gerade, ziehst Stein für Stein die Mauer hoch, öffnest jede Bierflasche mit dem Zollstock und kannst jeden Tag die *Bild* durchblättern, bis nach der exakt geplanten Zeit Jane und Familie einziehen. In dein Haus. Das du gebaut hast. Für deine Katze.

Forscher

Ob du aus Quarks Firmenlogos legst, einsam deinen Schlitten zum Nordpol ziehst, nächtelang in den dunklen Himmel starrst, um einen einzigen Planeten zu finden, den du nach Jane benennen kannst, oder ob du versuchst, jenseits der 11 000 Meter im Marianen-Graben ein winziges Stückchen Leben zu finden – als Forscher bist du immer Tarzan: ein echter Nachfahre von David Livingston und Leonardo da Vinci, von Frankenstein und Jacques Piccard (dem im Tiefsee-Graben, nicht dem auf der *Enterprise*). Du bist auf der Suche nach den Grenzen, die es zu überschreiten gilt, und unzufrieden mit dem »Das ist so«. Du willst es herausfinden: »Warum heißen die Erdmännchen Erdmännchen?« Und gibst keine Ruhe, bevor du nicht Jane am Abend im Bett stolz erzählen kannst: »Du, stell dir vor, ich habe heute in 3000 Meter Tiefe mit der modernen Ausführung des Baillie-Lotes einen Haarstern gefunden. Toll, gelle?« Jane wird dir den gebührenden Respekt sofort zollen.

Sportlich: Boxen versus Golf – Tarzans Kämpfernatur

Warum Boxen, Billard und Fußball etwas für echte Männer ist. Alles, wobei Frauen kreischen und/oder Männer ins Schwitzen geraten, ist gut. Jeder Sport, bei dem es nur einen wirklichen Gewinner gibt, ist Tarzan-Sport. Sport ist Kampf! Am besten vor kurz berockten Cheerleadern.

Wer Männer weinen sehen will, muss ins Fußballstadion: Die Verlierer gehen nicht einfach nur unter, verlieren ihren Tabellenplatz oder müssen in die Bezirksliga absteigen, nein, ihr Leben ist fast vorbei. Sie (und ihre Fans) sind härter getroffen, als wenn sie mit 5000 anderen ihren Arbeitsplatz und damit Lohn und Brot verlieren. In einem Spiel zu unterliegen, das ist für Männer einfach das Ende: Egal, ob es um Skat oder Boxen geht, eine Partie Billard oder Armdrücken. Während sich die Cheerleader oder der Frauentross nach dem Spielende schwätzend und schnatternd um die Akteure kümmern und sich verabreden, müssen Männer damit fertig werden, nicht gewonnen zu haben. Das ist schlimm.

Wie der Sportsgeist aus der Flasche kam

Der Grund dafür heißt Sabor, und der Gedanke an sie ist so tief im Unterbewusstsein der Männer verankert wie das Y-Chromosom in den Genen. Denn so steht es geschrieben: Tarzan erfand den Sport, als er merkte, dass er mit einem geflochtenen Grasseil erst die anderen Affen, aber auch – und da war der Sportsgeist aus der Flasche – die Erzfeindin Sabor, die Löwin, fangen und letztendlich besiegen konnte. Demnach hat Sport etwas mit Kampf zu tun, denn Sabor versuchte immerhin – nicht mehr und nicht weniger –, die gesamte Affenmeute auszurotten. Sie zu besiegen würde etliche Nebeneffekte mit sich bringen. Das wusste Tarzan instinktiv, wie es allen Männern in die Wiege gelegt wird: Wer siegt, wird Cheffe. Und Tarzan wurde Cheffe.

Cheffe wurde von den Weibchen bewundert und begehrt, durfte richtig viele Kinder machen oder zumindest doch mit richtig vielen Weibchen üben. Und 'ne richtig dicke Lippe riskieren. Darüber debattierte dann die Öffentlichkeit. Heutzutage passiert dies bevorzugt in der *Bild*-Zeitung. Das ist toll. Deshalb lesen so viele Männer dieses wichtige Blatt. Gucken, ob die Jungs da drin besser sind als man selbst. Das sind sie selten.

»Rumble in the Jungle«

Der drohende Kampf sprach sich in der Meute herum: Die Spannung baute sich auf wie beim lang erwarteten Spiel Bayern gegen Madrid. Oder wie beim legendären »Rumble in the Jungle« – Muhammad Ali gegen George Foreman. (Sollte eine Frau hier stutzen: Es geht um Boxen, 1974, in Afrika.) Tarzan verhieß ja nicht weniger, als die Meute für immer vor einer großen Gefahr zu bewahren. Schon früh waren die Ränge in den besten Bäumen rund um die alles entscheidende Lichtung (an der sich der Boxring bis heute orientiert) besetzt. Die Leitaffen saßen in der ersten Reihe, dahinter die zweite Garde. Wollten Weibchen dem Kampf beiwohnen, blieb ihnen kaum etwas anderes übrig, als den Männchen zur Hand zu gehen: zärtliches Lausen anbieten, lecker Bananen bringen oder sich sonst wie gefällig zeigen. Und natürlich wollten auch die Weibchen wissen, wer Cheffe wird. Schließlich war klar: Wer Sabor schafft, schafft auch den amtierenden König der Affen. Und der wiederum macht aus einem einfachen Weibchen schnell eine Königin, aus kreischenden Bälgern Prinzen. Das ist im Prinzip so geblieben: Wer schon einmal bei einem Boxkampf war, weiß das.

Am Ende hat Tarzan gewonnen. Er hat seine Technik erst an den Affen ausgetestet und verfeinert. Bis dahin war er in der Horde angesehen, weil er mit wenig Kraft und mit für Affen doch kurzen Armen ganz ordentliche Erfolge erzielte – die in etwa einer Silbermedaille entsprachen. Er war ein Underdog aus den Slums, ein Außenseiter. So ähnlich wie Beckham. Mit der Versuchung Sabor aber wagte sich Tarzan an die von der Natur bis dahin vorgegebene Rangordnung: Löwen sind echt stark, Affen zwar auch, aber da kommen sie doch nicht hin. Und Tarzan schaffte es. Jeder Mann, der Tarzan sein will, muss seine Sabor erlegen. Erst damit wird er zum Mann. Achtung, Jungs: Sabor ist keine Figur auf dem Schachfeld. Egal, wie lange Kasparow draufstarrt. Und auch wenn »Sizilianische Verteidigung« echt cool klingt.

Nur siegen ist cheffig

Das erklärt, warum Männer gewinnen MÜSSEN. Es gab schon damals keinen zweiten Platz. Dieses tief in uns verankerte Bild der geschichtlichen Entwicklung des Sports erklärt, warum Männer so ernsthaft bei der Sache sind, hart kämpfen und verbissen um den Sieg ringen. »Verloren!« Da hilft es auch nichts, wenn dieses Urteil etwa die wirklich knappe und schwere Entscheidung der Jury nach Betrachten des Zielfotos oder Millisekundenaufnahmen fiel. Ebenso wenig tröstlich, dass die Silbermedaille bei den Olympischen Spielen ja auch ganz ordentlich ist. Genauso schlimm ist es, wenn Sport-Kommentatoren, diese Priester des Sports, erwähnen, der zweite Platz sei »verdient«. Verdient wird die Rente und sonst nix. Nicht Erster, nicht der Gewinner zu sein, sondern der Verlierer, das heißt unterliegen, Opfer sein, der Löwin die Kehle hinhalten. Die vermutlich auch zubeißt. Kurz: das Ende. Kein Cheffe, keine Weibchen, keine Kinderzeugungsübung mit toll-vielen Weibchen, keine öffentliche Diskussion über die eigene Person, kein Blitzlichtgewitter, wenn Möchtegern-Cheffe die Haustür öffnet, um die Milch reinzuholen. Nichts, aber auch gar nichts. Niente. Nada.

Deshalb ist jeder Zweikampf ein Messen mit der Löwin. Nur wer das versteht, weiß, woher ManU 1999 in der schwächlichen 0:1-Situation nach der 90. Minute die Kraft nahm, noch eben mit 2:1 zu gewinnen. In zwei Nachspielminuten. Man sah förmlich, wie dekadente Bayern-Hostessen versuchten, die Korken wieder in die Magnum-Champagnerflaschen zu drücken. Und wie sich die ManU-Kämpfer in die Arme fielen. In solchen Momenten zeigt sich der unbändige Wille zu gewinnen, im Kampf bis zur allerletzten Nachspielsekunde. Das ist Testosteron.

Bitte weniger Bälle

Im Gegensatz dazu Golf: Zwei alte Männer lassen ihre Wägelchen von Jungs schieben und schubsen einen kleinen Ball über die Wiese. Bis er in ein weit entferntes, winziges Loch fällt oder auch nicht. Der andere darf das dann auch versuchen. Mit seinem eigenen Ball. Sie versuchen ja auch, unter sich zu bleiben, damit niemand merkt, wie abstrus ihr Tun ist. Schon hier wird er deutlich, der Unterschied zwischen Tarzans Sport und zivilisatorischverweichlichten Freizeitaktivitäten der Industrienationen. Golfer sind wahrlich keine kämpfenden Götter mit Weibchen – wie eben die Fußballer. Nicht umsonst hält sich der Spruch: »Spielen Sie Golf?« – »Nein, ich habe Sex!« schon so lange.

Gäbe es wenigstens nur einen Golfball, aber viel mehr Mitspieler, dann wäre das immerhin ein fairer Wettkampf zwischen den Jungs, zwischen Mannschaften. Die Jagd nach dem Ball und der Chance, das Loch zu treffen. Dann hieße das Ganze aber auch Polo. Aber jedem seinen eigenen Ball? 22 auf dem Fußballfeld? Außerdem: Um welches Feld können sich denn die Cheerleader beim Golf aufstellen? Immer mit herumgehen, einmal im Kreis übers Grün? Doch selbst diese Hoffnung trügt: Weil's dem Rasen nicht bekommt, ist Hüpfen auf dem Golfplatz verboten. Das blitzartige Aufstellen von Frauen-Pyramiden fällt aus, weil eventuell Dellen im 300 Jahre lang gepflegten Rasen entstehen? Wirklich, so etwas können sich nur Männer ausdenken und kultivieren, die es auch toll finden, Strapse zu tragen, sich Plastiktüten über den Kopf zu ziehen und den ersten Orgasmus ihres Lebens auch den letzten sein zu lassen.

Von Gruppengefühl und schönen Frauen

Der finale Kampf mit Sabor erklärt auch, warum um die Spielfelder herum Cheerleader stehen: Jede Arena, jeder Ring und jede Tribüne sind Entsprechungen der Lichtung, in deren Bäumen die Affen und Äffinnen saßen und ihren Helden erst anfeuerten, dann bejubelten und ihm schließlich huldigten. Verfeinert haben sich unter anderem die Techniken der Weibchen: So manche Cheerleader-Vorführung ist durchaus sportlich zu nennen. Deshalb stehen sie dort, am Spielfeldrand, halten sich ansonsten aber raus und jubeln dem vermutlich künftigen Cheffe schon mal zu. Ohne Cheerleader, ohne kreischende Frauen kommt kein Tarzan-Sport aus.

Jeder Mann, der auf einer Tribüne sitzt, weiß um die Bedeutung des Kampfes, der gleich vor seinen Augen toben wird. Es geht um die Auseinandersetzung mit Sabor, um den Versuch, auch in der einzigen Nachspielminute noch ein Tor zu erzielen. Jeder echte Mann sieht in jedem Dribbeln, in jedem Pass den Versuch zu siegen. Jeder Zweikampf ist ein Stück Befreiung. Gleichzeitig ermöglichen es Teamspiele, das männliche Gruppengefühl aktiv zu kultivieren. Gibt Mann den Ball ab, erhält ein Kumpel die Chance auf seinen Zweikampf. Ein echter Kerl weiß, auch dieser Spieler wird den Ball abgeben und so einem weiteren Mann die Chance geben. Passiv wird das Gruppengefühl gestärkt, wenn die Jungs gemeinsam vor dem Fernseher einen Kasten Bier gerecht teilen und den Spielern oder Schumi durch lautes Rufen hilfreiche Tipps für den Spiel- oder Rennverlauf geben.

Männer verstehen das. Wer »Gib doch ENDLICH ab!« brüllt, meint häufig, der erste Spieler habe seinen Zweikampf schon gut geführt, nun sei es an der Zeit, einen anderen in den Genuss kommen zu lassen. Das verstehen aber meist nur echte Männer. Nur sie können wirklich mitleiden, wenn's mal schief geht. Weinen. Im Stadion. Vor allen Menschen. Frauen verstehen das nicht. Obwohl sie auch in dieses urmännliche Tarzan-Areal eindringen wollen.

Leider nicht nur für Männer

Heute ist ja schon das Statement »nur für Männer« ein Verstoß gegen die guten Sitten. Wer in aller Ruhe nach einem vernünftigen Sport sucht, den er unter seinesgleichen treiben kann, ohne kichernde Frauen, die Mann am Ende nicht einmal bodychecken darf, die in den Umkleidekabinen verschämt ihre Handtücher um Brust und Kopf wickeln, die verbieten wollen, dass Mann auch mal leise rülpsen und nach dem Sport stinken darf, der sucht vergebens und wird enttäuscht. »Nicht nur für Männer«, vermitteln Prospekte ihre Botschaft – oder: »Auch ein Sport für Frauen«. Jeder Sportwart jedes nur denkbaren Vereins ruft vorsichtshalber von Anfang an, dass sein Sport »bloß nicht nur für Männer!!!« sei.

Im Zuge der Emanzipation haben die Frauen versucht, alle Felder zu besetzen, die möglich waren, sogar in die miefigen Sportkabinen sind sie vorgedrungen. Siehe zum Beispiel die herrlichen Highland-Games in Schottland: Die Sportler wirken mit ihren Röcken ein wenig, als sei die ehemalige Sportlerinnen-Riege der Ostblockstaaten angetreten. Offenbar versucht das Weibsvolk bereits, sich als Nachfahren der Kelten zu etablieren. Als echte Kerle. Erst einen Baum fällen, ihn dann so weit wie möglich werfen. Das ist Männlichkeit pur. Aber nur wenn auch ein Mann im Rock steckt und nicht eine mutierte Kampfsau. Auf diese Art und Weise haben sie die Kerle verwässert: »Nur für Männer« gilt heutzutage ja als direkter Wegweiser in die Schwulen- oder Pornoszene. Selbst fette, stinkende Zigarren stecken sich die Frauen in den Mund, um uns zu kopieren. Die Janes haben also ganze Arbeit geleistet. Wer auch nur ansatzweise versucht, die Jungs unter sich zu halten, wird behandelt wie ein Aussätziger.

Zeichen der Männlichkeit

Selbst eine Schweißperle, die unter der haarigen Achsel eines Mannes hervorlugt, reicht aus, um Jane in ein wüstes Gezeter ausbrechen zu lassen: »Geruch!«, schreit sie und »Mangelnde Körperpflege!« Oder sie beklagt sich über »Salzränder auf dem schönen Hemd!« und keift ein immerhin schön-schlichtes »Schwein!« herüber. Doch Jane kann nicht ermessen, was Schweiß wirklich bedeutet. Letztlich ist der Fluss dieses Wassers ein Gradmesser für die Anstrengung, die vielleicht zwei rivalisierende Tarzans unternehmen: Wenn der Wettkampf um die schöne Unbekannte keine Entscheidung bringt (was selten ist), gewinnt, wer mehr geschwitzt hat. Denn der hat sich mehr angestrengt, hat es also schwerer gehabt. Das ist fair und klar. Da solche Wettkämpfe heute bedauerlicherweise dem Vergleich der Konten gewichen ist, lassen sich derartige Konkurrenzen, um nicht zu sagen Ausscheidungen, fast nur noch in der Sauna beobachten. Zwei Männer, bis zum Stehkragen voll mit Mineralwasser, setzen sich nebeneinander in den Schwitzraum und beäugen sich gegenseitig misstrauisch, wem es eher gelingt, das Drei-Quadratmeter-Handtuch aber auch wirklich ganz nass zu bekommen. Wer dabei von der obersten Stufe kippt, ist der Verlierer, egal wie viel er geschwitzt hat.

Echte Kerle, die ehrlichen Schweiß aus ihren Drüsen in das Gewebe des Doppelrippunterhemds einbringen, gibt's nur noch wenige: Auf Baustellen kann man sie manchmal beobachten, unter Tage oder auf Fischkuttern. Dort weht aber der Wind den typischen Geruch weg und Salz auf ihre Haut. Für die Werbung tun es meistens Models (Ja, Jane, leider!), denen der Schweiß aufgesprüht wird. Das ist dann wieder toll für Jane. Und so ungefährlich, weil dieser Ersatz nach echtem Moschus riecht. Dabei handelt es sich wiederum nur um eine Flüssigkeit mit recht kräftigem Geruch aus einer Drüse. Diese sitzt vermutlich am total schmutzigen Bauch eines Zotteltieres aus den fernen, fremden Gebirgen Asiens und das Rausschaben des Moschus verläuft auch eher fies.

Diesen Geruch mag Jane aber dann erstaunlicherweise doch wieder. So sehr, dass sie Moschus sogar als Aphrodisiakum gelten lässt. Aber bei uns rumzicken. Lass dich nicht beirren: Schweiß ist okay. Er beweist, dass du dich bewegst und viel bewegt hast: Und wofür? Weil du viele Dinge für Jane ranschaffen musstest und Jane Moschus mag. Doch solche Freiheiten erlauben sich nur echte Tarzans. Vom Lockruf der Zivilisation verdorbene Männchen duschen dagegen zweimal am Tag und legen Moschus-Deo auf, das dann doch nur Pickel macht.

Was aber weitaus schlimmer ist: Schon ist es so weit, dass Arbeitersohn Billy Elliot Ballett (»Der Nussknacker«!?) tanzen dürfen soll, Patrick Swayze will Tänzer sein, und damit es in den weich gespülten Hollywood-Movies »schöner« aussieht, wird eben ein bisschen Küssen mit eingebaut. Harter Kerl wird so ganz schnell weich gemacht und damit zu einem vermeintlichen Vorbild stilisiert – wie Beckham.

Sogar schlichte Gesellschaftstänze wie der vorgeblich südamerikanische Capoeira werden zum Kampftanz hochstilisiert, damit Tarzan glaubt, diese Art der Betätigung sei seiner würdig. Tatsächlich aber handelt es sich um einen Tanz der Unterdrückten, der Sklaven: All ihr Kampfesmut, ihre Beweglichkeit, ihre Aggression und Verwegenheit, also ihre Tarzan-Tugenden, wurden in diesem Tanz (Ausgerechnet! Wie demütigend!) verwässert und verweichlicht. Kein Wunder, dass *Emma*-Abonnentinnen ihren Schluffis einreden wollen, sie sollen sich doch an dem Volkshochschul-Kurs »Capoeira für kurdische Streetworker« einschreiben. Das ist doch voll Ethno, neeee du, lass mal gut sein.

Tarzan kommt es in solchen Momenten eher so vor, als sollte dem Besitzer einer 45er-Magnum erklärt werden, dass die einschüssige Handtaschen-Damenpistole auch ganz schön gefährlich ist und er sie im Schulterhalfter tragen kann. Als Nächstes versucht jemand zu erläutern, Yoga sei mentaler Kampfsport und viel übler als Kendo. Und schon brüllt der Sportwart: »Nicht nur für Männer. Nicht nur für Männer!«

Niemals: Spielen um des Spielens willen

Das wunderschöne Curling ist ebenfalls ein Sport, den die englischen Fräuleins erfunden haben dürften. Die Abwurfhaltung mit dem herrlich hoch gereckten Po zeigt, dass es sich um eine Frauensportart handelt, die nur dazu dient, sich beim Bezwinger von Sabor interessant zu machen. Allein das putzige Putzen der Bahn ist ja eine Handlung, die wohl jedem Kampf- und Sportsgeist widerspricht. (Sonst könnte man ja gleich die Weltmeisterschaft im Fliesenschrubben veranstalten. Die Disziplinen: Ako-Pads, Schwammtuch und Meister Proper.) Grazil sind die Girls ja, die das machen, und die Jungs auch. Aber neben dem Zeigen des knackigen Pos dient Curling einzig und allein dazu, die weiblichen Reize und hausfraulichen Künste zur Schau zu stellen – »Schau, wie schön ich deine Hütte putzen könnte! Und so sexy!« –, was uns beeindrucken soll.

Doch wahrlich das Schlimmste an dieser ganzen Sache ist: Frauen haben nicht nur die Männersportarten infiltriert, sondern zeigen keinerlei Ehrgeiz, zu siegen. »Wir wollen ja gar nicht gewinnen«, ruft der herrlich anzusehende Chor der Cheerleader. Ihre Erklärung: »Wir spielen um des Spielens willen.« Klar, wir *wollen* auch nicht gewinnen. Wir MÜSSEN – Spaß beim Spiel kennen wir überhaupt nicht. Der kommt erst, nachdem wir Sabor erlegt haben. Dieses weibliche Spielen um des Spielens willen bringt doch nix. Wie soll das denn aussehen, wenn du mit deiner Jane im Squash-Court stehst? Du donnerst unter Einsatz all deiner Kräfte und Techniken den Ball an die Wand, Jane guckt – während dieser Super-Schlag auf den Boden kleckert – erst auf die Farbe ihres Shirts, dann auf die ihrer Schuhe, stellt fest, dass sie nicht zusammenpassen, schaut betulich dem Ball hinterher und denkt sich: »Wenn ich gewinnen wollen würde, hätte ich den schon noch bekommen. Aber ich wollte ja nicht. Ich will ja meinen Mann unterstützen.« Toll. Da fühlst du dich so richtig prima, wenn du – nur leicht feucht auf der Haut – anschließend den Sieg für dich reklamieren kannst. Das ist, als hätte Sabor sich auf dem Rücken gewälzt und gerufen: »Komm, Tarzan, kraul mich. Ich sag dann auch, dass du gewonnen hast.« Jane spricht solche Dinge sogar aus und haucht – vorgeblich beeindruckt: »Toll, Schatz, du hast schon wieder 17:0 gewonnen.« Ironie schwingt in ihrer Stimme mit. Ihr Lächeln sagt: »Hätte ich dich nicht gewinnen lassen, der Abend wäre versaut.« So was ist doch kein Gegner.

Oder wenn Tarzan Jane mit auf die Bike-Tour nimmt. Nur noch wenige Höhenmeter trennen sie vom Gipfel. Nur diese eine Bergspitze in den westlichen Pyrenäen fehlt noch in der persönlichen Sammlung. Und Jane, wirklich hübsch anzusehen in ihrem winddichten hautengen Catsuit, sagt: »Hier ist die Aussicht ja auch sehr schön. Fahr du nur allein da rauf.« FA-BEL-HAFT, kann ich da nur sagen. Keinerlei Sinn für Symbole, für Erlebnisse, fürs Gewinnen eben, aber überall mitmachen wollen.

Wo wären wir denn, wenn wir Männer nicht ständig siegen wollten? Hätte es je das Haarshampoo mit dreifachem Proteinschutz gegeben? Die 100 Meter unter zehn Sekunden? Oder den

Fön mit den verschiedenen Hitzestufen? Nein. Wer hat denn Flaggen auf den Mount Everest gepflanzt? Die Brotbackmaschine entwickelt? Den Südpol bezwungen? Tarzan. Nur der Ehrgeiz zu gewinnen, besser und schneller zu sein als der andere, hält uns Männer am Laufen, lässt uns in die Tiefen der Nanotechnik abtauchen oder in die Weiten des Weltraums. Und die Frauen werden uns dankbar sein, wenn es demnächst das selbsttrocknende Haarspülmittel aus der Raumfahrt gibt. Sicher: Sie werden behaupten, es gar nicht zu brauchen, und beim nächsten Spieleabend wird der Kampf wieder ausschließlich zwischen den anwesenden Tarzans toben. Aber insgeheim wissen wir: Die Frauen bewundern uns für unsere Taten! Auch wenn sie's nicht zugeben können. Nicht umsonst werden Sport-Idole angehimmelt wie früher echte Helden.

Der feine Unterschied

Wer einmal beobachtet hat, wie zum Beispiel die Frauencrew einer hippen Agentur bowlt, weiß, dass er nie wieder einen Finger in eine Kugel stecken wird (warum nur hat er es bisher getan?): Schließlich könnte ein Fingernagel drinstecken. Da betritt die kichernde und schwatzende Gruppe Girls also den Bowling-Club; und schon ist die erste Hürde zu nehmen – das Anziehen der Schuhe: »Huch, die passen gar nicht zu meinem Top. O je, die sind ja nicht rosa. Also, so was KANN ich nicht tragen.« Die zweite Hürde: Wie funktioniert der Automat? Nachdem vermutlich jede Einzelne rührend ihre Fingerabdrücke auf dem Kasten hinterlassen hat, aber nicht einmal das Licht angegangen ist, bequemt sich der Mann hinterm Tresen, dreht den Schlüssel, um alles Nötige einzuschalten, und überlässt die Mädels dem Mysterium der Aufstellung. Alles immer schön kollektiv und unter sabbelndem Geschnatter wie auf einer Gänsefarm. Die Männergruppe links hat sich längst in die Sitzecke verzogen. Die erste, mit Tarzans Kreditkarte bezahlte Stunde ist bereits vergangen. Und schon donnert tatsächlich eine Kugel auf die arme, unschuldige Bahn und hüpft durch die Kegel wie ein D-Cup-Busen ohne Sport-BH beim 100-Meter-Hürdenlauf. Dann das erste große Fiasko: ein abgebrochener Fingernagel! (Die eine Hälfte steckt also in einem der Löcher der Kugel, in die dann du herzhaft deine Finger stecken würdest, wenn du mit deinen Jungs zum Bowlen gingest. Aber du stehst am Billardtisch, ein ganzes Stück weit weg.) Ein zweiter Fingernagel fliegt ein Stückchen und bleibt dann verloren auf der Bahn liegen, fiese Blasen bilden sich. Nach 15 Minuten treten erste Ermüdungserscheinungen auf. Hätten sie nicht einfach typische Frauensportarten wählen können? Rhönradeln? Synchronschwimmen? Schlamm-Catchen?

Dagegen die Männergruppe nebenan. Versammelt sich mit Bierflaschen und Filterlosen um den Billardtisch. Kurze, richtungsweisende Blicke reichen, um festzulegen, dass die kleine Schwarze (in diesem Fall eine Kugel mit der Nummer 8) in das gegenüberliegende Loch gehört. Auswahl des Queues. Mit scharfem Auge kritisch und kurz begutachtet, ruckzuck ausgewählt. Nur das Quietschen der Kreide durchbricht die Stille des konzentrierten Spiels: Anstoß, zack, zack, schon poltern die Kugeln durch die Röhren unterm Tisch. Höchstens ein Fingerschnippen lassen Profis als Applaus gelten. Sonst Ruhe, Konzentration, Wettkampf. Tarzan nutzt die Gelegenheit, mit seiner Stange in Ruhe so oft einzulochen, wie er mag. Der Gewinner bleibt am Tisch, wer sich zum Zweikampf anmelden will, legt eine Münze auf die Bande. Ganz einfach.

Klare Regeln, wenig Worte, weltweit möglich

So geht's: Sport gehört in Männerhand wie Tupperpartys in zarte Jane-Händchen. Kannst du dir Armin Rohde beim Bowlen vorstellen? Heinz Hoenig beim Rhönradeln? Heiner Lauterbach bahnwischend beim Curling? Aber beim Boxen in der ersten Reihe. Das ist Sport: Zwei Männer, vier Fäuste (ein Schiedsrichter als eine Art Hommage an die Zivilisation). Klar ist: Wer fällt, hat praktisch verloren. Klare Regeln. Ohne viele Worte ausübbar in allen Regionen der Welt, in die es Männer verschlägt. In der zweiten Reihe die schönen Frauen, die gerne die Runden-Schildchen tragen und damit eine wichtige Funktion ausüben.

Aber auch hier drängen sich die Janes in das Rampenlicht: Regina Halmich verprügelte sogar eigens einen Moderator, um darauf aufmerksam zu machen, dass sie auch toll zuhauen kann. Sicher, Regina, aber warum tust du das? Rhönrad, hmm? Keine Alternative? Da kannst du deinen schönen Körper zeigen, du musst die Miss Februar nicht aus dem *Playboy* drängen. Merke: Eine Frau mit ausgeschlagenen Zähnen sieht einfach nicht so sexy aus wie ein Mann mit abgebissenem Ohr. Als die Damen-Nationalmannschaft irgendetwas im Fußball gewonnen hat, wer saß da einsam auf den leeren Rängen? Die zwangsverpflichteten Ehemänner und Papas der Spielerinnen. Wer will denn schon stramme Fußballerinnen-Waden? Seit der Trikottausch nicht mehr praktiziert wird, fehlt doch etwas. Und mal ehrlich. Die erfolgreichen Eisläuferinnen oder Schwimmerinnen kennen wir nur, weil sie immer halb nackt in irgendwelchen Hochglanz-Magazinen oder in der *Bild* posieren und ihre Tattoos zeigen. Wer kennt schon das Tattoo anderer erfolgreicher Sportlerinnen? Das der deutschen Meisterin im Rhönradeln zum Beispiel oder die an den Pos einer Gruppe von Synchronschwimmerinnen? Hmm? Vielleicht gucken so viele

Männer regelmäßig Formel 1, weil noch kein Sportwart vorauseilend ruft: »Auch für Frauen. Auch für Frauen!«, sondern hier immer noch eine Hand voll Männer mit Super-Autos im Kreis fährt, bis Schumi gewonnen hat. (Was in der Tat etwas langweilig geworden ist – aber gucken lohnt sich. Mann weiß ja nie. Außerdem ein Super-Männersport: klare, einfache Regeln, weltweit möglich.) Tarzan versucht ja auch nicht, in Janes Sportrevieren zu wildern. Könnte sich jemand eine knackige Männermannschaft beim Synchronschwimmen vorstellen, wie sie ihre haarigen Beine in die Chlorluft eines Schwimmbades strecken, tolle Figuren bauen wie »Mohnblume im Sommerwind« und das Publikum andächtig und bewundernd »Aaaahhhh …« raunt?

Nein, denn Männersport zeichnet sich durch einfache Regeln aus: kein langes Geschwafel, bevor es losgeht. Der Sport muss überall machbar sein. Darum ist Armdrücken ein absoluter Männersport. Einfache Regeln, weltweit durchführbar, ob an Bord eines Hochseetrawlers oder im Hubschrauber auf dem Weg zur Bohrinsel, am Polarkreis oder in der Sahara: zwei Männer, zwei Arme und los geht's. Das Ende ist offen. Läuft's für den einen schief, ist die Sache nach Sekunden vorbei. Oder es dauert länger, bis ein Mann den Arm des anderen auf das glühende Hufeisen gedrückt hat, das dann aber auch schon ziemlich abgekühlt ist. Das zeigt, dass Männer nicht wegen der drohenden Schmerzen kämpfen bis zum vorletzten Atemzug (der letzte ist natürlich Jane gewidmet), sondern der Sache wegen. Sabor! Das ist der Kampfschrei, der unentwegt vom Unterbewusstsein ins Gehirn geschickt wird, dort Schmerz und Hunger unterdrückt, die Sinne aufs Äußerte schärft und den Mann zum Sieger macht.

Eine andere echte Tarzan-Sportart wird weitestgehend unbeachtet gepflegt. Diesmal geht unser Blick in den hohen Norden: »Frauen schleppen« heißt die wunderbare Disziplin, die vordergründig als Prüfung für Anwärter bei finnischen Diebesbanden im 18. und 19. Jahrhundert erfunden wurde, tatsächlich aber in direkter Linie auf Tarzan zurückzuführen ist. Hatte sich Jane auf der Suche nach den Beeren mal wieder im Dschungel verirrt, war es an Tarzan, Jane erstens wiederzufinden (deshalb ja auch der bereits beschworene ausgeprägte männliche Orientierungssinn) und sie dann zweitens verheult, verängstigt und erschöpft nach Hause zu tragen. Weiber wuppen eben. Die Finnen haben diese Tradition erweitert und sie auf die Frauen aus dem Nachbardorf ausgeweitet, die allerdings manchmal gar nicht in das andere Dorf wollten. Deshalb mussten die Jungs auch so kräftig sein.

Heute wird bei der Weltmeisterschaft gefordert, die eigene Ehefrau oder die Ehefrau eines anderen oder einfach irgendeine Frau 300 Yards weit zu tragen. Das schreit nach Geschichten am Lagerfeuer, nach Bier und kräftigen Kerlen, die feingliedrige Cheerleader wuppen, um sie ins Ziel zu wuchten. Klar, dass Männer diesen Typ Frau bevorzugen und nicht solche wie die *Weather Girls*. Denn dem Gewinner winkt das Gewicht seines Schleppweibes in Bier. Dabei ist die Cheerleaderin ein gelungener Kompromiss aus trinkbarer Menge und tragbarem Gewicht.

Tarzans Tipps

Janes Sport ist, wenn der Po rausgestreckt werden muss.

Tarzans Sport ist, wenn er gewinnt.

Wenn Tarzan Sport treibt, fließt echter, herber Männerschweiß.

Wer siegt, ist Cheffe.

Tarzan ist Cheffe.

Zukunftsorientiert: Voll digital und dreistufige Föns – Tarzans Technik

Männer sind bewundernswerte Geschöpfe, die einen Großteil ihres Lebens einsetzen, um den Janes das Leben zu erleichtern. Das ist so und war schon immer so. Was Tarzan wo braucht, um zu überleben. Mehr über die Notwendigkeit, die Dinge wirklich zu durchschauen, anstatt nur darüber zu reden.

Technik ist Tarzans Sache. Seine erfolg- und techniklosen Vorgänger versuchten noch, Gleiches mit Gleichem zu vergelten: Tigerpranke gegen Tarzan-Faust. Das war nicht besonders gut. Die meisten starben einen frühen Tod. Erst als Tarzan die Vorteile des Feuersteins entdeckte und begann, aus dem groben Klotz einen feinen Feuerstein-Dolch zu formen, stellte sich der Erfolg ein. Tarzan hielt eines Tages den ersten Meilenstein der Technik in der geballten Faust. Und er wusste: Mit diesem Vorläufer des Rambo-Messers würde der Tiger zu Beute. Tarzan musste nicht mehr sein Leben opfern, sondern konnte abwägen, leben und erfolgreich sein. Er brachte fette Beute nach Hause, wofür ihm Janes Bewunderung sicher war. So entstand Tarzans Gleichung: Futter + Liebe = Sex.

Stieg etwa der Anteil »Futter« in der Gleichung, stieg auch das Gesamtergebnis. Das war schön.

Und weil's so effektiv und die mittels Dolch erlegte Beute so groß war, blieb nach dem Essen und zwischen den Beutezügen sogar noch ein bisschen Zeit. Tarzan und seine Jungs begannen, umherliegende Steine herumzustoßen, merkten schnell, dass die runden besonders gut kullerten, und kickten sie fortan in Löcher. So entwickelten die Urmänner nebenbei die Kugel, für die aber noch kaum jemand Verwendung hatte, und das Fußballspiel. (Damals noch für echte Männer: ohne Stollenschuh mit luftgepolsterter Fersenverstärkung, aber mit granitharten Steinen. Vor allem Kopfbälle waren eine echte Herausforderungen, Beckham!) Aber diese Art von Wettbewerb setzte sich noch nicht durch. Es gab ja weder Cheerleader noch tauschbare Spieler-Ehefrauen.

Jane tänzelte indes noch nach Beeren suchend von Strauch zu Strauch und sammelte, wie schon während der Jahrtausende zuvor, die süßen Früchtchen in ihrem geschürzten Lederslip. Verbesserungen ihrer Technik erschienen ihr kaum nötig, weil sie allein mit ihren zarten Händchen immer genug Beeren pflückte. Allerdings musste Tarzan sie immer häufiger aus den Büschen herauslotsen. Das gefiel ihm nicht, und so fing er an, ein Orientierungssystem zu entwickeln: Kleine Kerben an den Bäumen wiesen Jane den Weg nach Hause. Heute haben die modernen Navigationssysteme allerdings meist eine weibliche Stimme, damit sich Jane nicht immer von einem Mann herumkommandiert fühlt. Geändert hat sich aber an der Sache nichts. Außerdem baute Tarzan Jane Körbe, in die sie mehr Beeren füllen konnte. So brauchte sie den Lederslip nicht mehr zu tragen und konnte nackt arbeiten gehen. Tarzan machten die Erfindungen Spaß. Allein schon deshalb, weil sie ihm einen Grund gaben, in das kleine Hobby-Haus zu gehen, in das nur er durfte. Dort frönte er seinen Leidenschaften. Am Frauenfeuer fehlten ihm die Ruhe und Konzentration, wenn er versuchte neue Geräte oder sogar Schmuckstücke auszubaldowern. Denn am Frauenfeuer verbreiteten kreischende Kinder Unruhe und keifende

Frauen versuchten, den wilden Nachwuchs unter Kontrolle zu bringen.

Fremde Welten

Jane verstand Tarzans Welt bereits damals nur zum Teil: Das Halbfinale war ihr ohnehin suspekt, und das ist so geblieben. Sie wusste auch nicht, wie er jagte, konnte also den Vorteil der Technik im Waffenbau nicht recht beurteilen. Aber sie merkte: mit Keil fettere Beute. Das war gut. Also weiter so, Tarzan. Aus dieser Grundkonstellation entwickelten sich die Mars-Missionen. Tarzan lernte, dass Leistung Fortschritt mit sich brachte, Jane das honorierte, er aber einsam wurde, wenn er versuchte, die eingesetzte Technik zu erläutern. Denn sie wollte nur Tarzan zujubeln, wenn er es geschafft hatte. Das »Wie« war für das Jubeln unerheblich, der richtige Weg zum Ziel war Tarzans Sache. Also wurde Jane bei ausufernden Erläuterungen einsilbig, und so schenkte sich Tarzan irgendwann seine Ausführungen. Er begriff, dass er wieder mal schweigen musste. Wegen ihr. Technik wurde Tarzan-Sache. Auch das ist bis heute so geblieben. Einerseits begrüßt Jane also die Technik (fette Beute dank Feuerstein-Dolch, besseres Waschergebnis dank Fuzzy-Logic in Waschmaschine), andererseits verstand sie diese Dinge aber nie wirklich. Vielmehr machte sie sich darüber lustig. Immerhin hat sich Janes Situation mittlerweile verbessert, da es dem kollektiven Unterbewusstsein der Frauen gelungen ist weiterzugeben, wie sie auch mit überlangen, rosa Fingernägeln Taschenrechner und Tastentelefone bedienen können. Ansonsten herrscht immer noch weitestgehend Unverständnis gegenüber Technik und Fußball in Janes Welt. Sie hat also an dem Fortschritt nicht wirklich teilgenommen, genießt aber immerhin die Vorteile. Manchmal.

Meilensteine der Menschheitsgeschichte

Während Tarzan auf dem Baum hockte und auf Beute wartete, erkundete er die Welt um sich herum: So öffnete er zum Beispiel mithilfe eines scharfen, schmalen Steines eine Kokosnuss, um seinen Durst zu stillen. Die beiden Schalenhälften, die er dann in der Hand hielt, erinnerten ihn an etwas: Er verband die Schalen schnell mit einer geflochtenen jungen Liane (abgeschnitten mit ebendiesem Stein), hängte links und rechts eine weitere dran und hatte so mal eben den ersten Push-up-BH designt. Das typische Beispiel zeigt, dass es uns Männern einfach in die Wiege gelegt ist, Dinge zu erfinden, Grenzen einzureißen, Flüsse und Gebirge zu überschreiten, Ozeane und Wüsten zu queren, uns aufzumachen, um nach noch unbekannten Dorados zu suchen, neue Welten bewohnbar zu machen oder ein koaxiales Kabel richtig anzuschließen.

Das ist nichts Neues: Die Wikinger setzten sich in ihre windigen Drachenboote und ruderten drauflos, Kolumbus wollte eigentlich ganz woanders hin, erreichte aber trotzdem ein schönes Land. Auch wenn die Siedlertrecks der aus Europa Vertriebenen Blut und Asche hinterließen, diese Menschen trauten sich immerhin in die fernen, unbekannten Gegenden hinter den Blauen Bergen. Den Himmel machten uns die Gebrüder Wright untertan, die Straße die Autobauer und Neil Armstrong schaute sich schon mal auf dem Mond um, ob es dort ein heimeliges Plätzchen gibt, das sich in ein prima Lager für Jane verwandeln lässt. Am Rande: An sich wollte er bei seinen ersten Hüpfern auf dem Mond ja »ein kleiner Schritt für mich, aber ein großer für die Männer« sagen. Das sollte von missgelaunten und emanzipierten NASA-PR-Managerinnen in »… für die Frauen, die ihn hochschickten …« umgedeutet werden. Dieser Satz wiederum scheiterte aber, da die Houston-Missionsleiter mit Streik drohten. Diese waren zuvor schon mit Sätzen wie »Hallo Houston, wir haben ein Problem« darauf aufmerksam gemacht worden. Schließlich wurde nach zähen Verhandlungen »... Menschheit« daraus. Bevor das nicht klar war, ließen sie den armen Mann nicht aus seiner engen Kapsel steigen.

Heutzutage kann jeder Mann Photoshop 7.0 installieren, Nacktfotos von ihr von der Digi-Cam runterladen und ein wenig nachbearbeiten. (Obwohl das nicht nötig ist. Wirklich! Kein bisschen. Ist nur, weil's halt geht mit dem Programm.) Tarzan verbesserte damit getreu dem Schlüsselerlebnis »Tiger mit Messer erlegt = mehr Zeit für Jane und Fußball« sein Umfeld. Jane dagegen kichert bis heute, wenn Männer sich treffen, um ihre Handys oder Palms zu vergleichen, zu wiegen und abzumessen oder ihre Programme gemeinsam zu installieren. Dabei dient das traditionell nur dazu, Janes Welt zu vereinfachen: So simst Tarzan heute Jane einfach die Zahl der benötigten Bier für den Abend. Eine Erleichterung, die Jane immerhin zu schätzen weiß.

Lebenshilfe für Jane

Was während der letzten 25 000 Jahre gleich geblieben ist: Irgendwie merkt Jane, dass Technik mehr und besseres Essen verspricht, außerdem mehr Zeit für die Körperpflege und die Familie. Aber auch, dass sie es im Grunde nicht versteht. Warum auch? Tarzan hat ihr die Denkarbeit immer abgenommen. Diese höfliche Zuvorkommenheit rächt sich heute bitter. Denn: Die Janes machen sich über uns lustig, indem sie Gegenbewegungen wie die Emanzipation ins Leben rufen oder die Öko-Bewegung forcieren, die Bedingungen fordert, wie sie vor 25 000 Jahren herrschten. Wir Männer hingegen bereiten uns auf die Besiedelung des Mars vor – von dem wir ja bekanntlich eh stammen. Die Frauen arbeiten schon wieder an den ersten Sätzen für die Marsmännchen.

Jane weiß den männlichen modernen Fortschritt also nicht zu honorieren. Statt ehrfürchtiger Bewunderung ernten wir Hohn und Spott, wenn wir die Feinheiten unseres DVD-Players erläutern oder – voller Bewunderung für die Ingenieurskunst der Kollegen – die Ventiltechnik der Autotriebwerke analysieren. Statt der für sie eigens entwickelten Technik steht Jane einem Technik-Overkill gegenüber: Heute sieht Mann arme Frauen mit hilflos an das Ohr gepressten Handys ihre Meute suchen. Sie verlassen sich auf die glitzernden und todschicken High-Tech-Kommunikationsmaschinen, wenn sie ihre Freundinnen im Biergarten suchen. Natürlich kann es durchaus hilfreich sein, sich in den großen Biergärten der Stadt mit einem Handy von den bereits am Tisch sitzenden Mitschwätzerinnen lotsen zu lassen, aber doch nur in Biergärten mit mehr als 5000 Plätzen. (Ja, das gibt's in München, die Bayern sind einfach immer ein Superlativ! Nicht nur im Fußball.) Sie allerdings steht in einem kleinen Stadtbiergärtchen, einem Prosecco-Gärtchen genau genommen, gerade mal vier Reihen à fünf Tischchen gibt es dort. Wenn Tarzan in einer solchen Situation zum Handy greifen würde – Jane könnte ihm niemals wieder vertrauen. Zu Recht, kann Mann dem Weichei da nur zurufen, zu Recht. Wie soll Tarzan denn seine Jane und die vielköpfige Brut in die neuen Homelands bringen? Was hätte er getan, wäre er nur vier Jahre früher geboren? Hätte er im grausigen Gäste-Getümmel seine Leute mit dem bloßen Auge gefunden? Dem Auge, das früher so messerscharf und blitzschnell den alten, grauen, zähen, stinkenden Tiger von jungem, knackigem Frischfleisch unterscheiden konnte? Hoffentlich klappt das wenigstens bei den Frauen noch ohne Handy, Junge.

Tarzan und Jane hatten schließlich auch keine Handys, als sie sich kennen lernten. Jane saß auf der Suche nach ihrer Frauengruppe in einem falschen Baum, als just Tarzan vorbeigeschwungen kam. Sie beschnüffelten einander kurz und los ging's. Und diese Prä-Handy-Zeit ist ja auch erst seit wenigen Jahren vorbei. Also sollte die Frauen sich lieber, statt sich mit einem Elektrogerät das Ohr zuzuhalten – ganz mutig –, an einen anderen Tisch setzen, gar mit Fremden sprechen. Doch die meisten von ihnen besitzen ein Handy, dessen zahllose Funktionen diesen Damen am Ende aber selbst noch unklar sind.

Jane wagt sich heute ohne Handy nicht einmal mehr die Stufen zur U-Bahn hinunter. »Es ist wichtig, ein Handy zu haben, falls mal was passiert«, krakeelt der Frauenchor, der sich stets am Rande der Katastrophe wähnt, sobald die Sonne auch nur die Ränder der höchsten Dächer erreicht hat. Allerdings übersieht Jane, dass sie das Handy kaum benutzen kann, wenn Tarzan nicht bei ihr ist und ihr ihre Geheimzahl einflüstert: »14060. Dein Geburtsdatum, Schätzchen, und 'ne Null hinten dran«, haucht er ihr zart ins Öhrchen. Immerhin schafft sie es dann selbstständig mit ihren Fingernägeln, die Minitastatur zu bedienen.

Brauchen Männer Handys?

Für Jane ist ein Handy klasse. Sie kann pausenlos und in fast allen Lebenslagen mit ihrer besten Freundin oder ihrer Mutter reden oder wildfremde Männer ansprechen und fragen, wie das Ding da überhaupt funktioniert. Ein echtes Jane-Instrument. Daraus folgt aber fast zwangsläufig: Es ist kein echtes Tarzan-Tool. Sogar die Erotikbildchen sind unter aller Sau. Und nicht einmal der SMS-Tor-Service des favorisierten Vereins verleiht dem Handy mehr

Sinn: Schließlich sieht Mann die wirklich wichtigen (also alle) Spiele live und im Stadion. Tor-SMS sind bestenfalls für Weicheier, die am Spieltag ihrer Frau den Haushalt schmeißen wollen, um dann, ausgerüstet mit Schürzchen und Heizungs-Staubwedel, einen kurzen, unterdrückten Jubelschrei ausstoßen, wenn das Handy in der Hose vibriert und einen kurzen Moment des Glücks verspricht. Anschließend widmet er sich wieder demütig verschämt dem angeblich gesichteten Mikrogramm Staub zwischen den Heizungsrippen.

Solche Typen kennt Mann ja: Die gehören sicher zu jenen, die sich bei den Flussfeten erst in die nebeligen Niederungen wagen, nachdem sie von einer sicheren Brücke herab und mit dem Handy am Ohr unten im Grill-Gewimmel einen hochgereckten Arm ausmachen, der dem Gesprächspartner zuzuordnen ist. In der guten alten Zeit, im letzten Jahrtausend, war es noch üblich, bepackt mit Kohle, Fleisch und einer Fünfliterdose Bier (okay, *die* gibt's auch in Deutschlands Norden) an der verabredeten Brücke hinabzusteigen und so lange flussauf- oder abwärts zu gehen, bis Mann eine nette Party oder sogar die eigenen Freunde gefunden hatte. Wilde Feten wurden gefeiert, lebenslange Freundschaften und Ehen gestiftet, sogar Kinder in den feuchten Seitentälern des Flusses gezeugt. So passierte einfach, was Tarzan in seiner Gleichung lehrt und er auch begehrt: Futter + Liebe = Sex. Keine Spur von überkandidelter Technik. Deshalb schlägt da das Tarzan-Herz höher. Wir erinnern uns an die Zeiten, als Männer, den Tiger quer über die Schulter geworfen, mit Siegesgeheul auf den Lippen durch den Urwald zogen, um die Beute nach Hause zu schleppen. Traf man unterwegs eine befreundete Sippe, hat Mann schon mal eine Keule springen lassen, die dann an Ort und Stelle roh verspeist wurde.

Doch zurück zum Grillfest: Vermutlich findet Jane den Parkplatz an der Brücke, von der aus nun also das verlorene Weibchen ihre feiernde Herde in den Flussauen sucht, sowieso nur mithilfe des Navigationsgerätes im Auto. Und das eigene Fahrzeug – womöglich ein Kleinwagen, wie sie zu tausenden herumkurven, ausgewählt anhand der Scheinwerfergröße – ist nur durch das auf die Hand gemalte Nummernschild zu identifizieren. Keine kleinen, unauffälligen Hinweise, die am Innenspiegel aufgehängt sind, keine längst verspachtelten Dellen, an denen Tarzan seinen Wagen erkennen könnte. Deshalb muss für Jane das Nummernschild auch leicht zu merken sein. Zum Beispiel EE-NN 99. Vermutlich heißt die Halterin Nana Nordlicht und wurde 1999 geboren. Oder sie hat, weil ihr sogar schon einmal der eigene Name entfallen war, das berühmte NN aus den Organigrammen verwendet, das irgendetwas wie »No Name« oder »noch nicht«, »nanu, nana« oder »Scheiße, wir haben eine Stelle übersehen« bedeutet. Und die 99 steht für die Zahl der Versuche, dieses Nummernschild zu bekommen. Wie soll sich solch eine Tropfin nur eine furchtbare Kombination wie EE-KR 45 merken?

Schnell wie der Blitz

Tarzan ist die ganze Handy-Telefoniererei ohnehin suspekt: Er ist an Stille und Schweigen gewöhnt und weiß auch gar nicht, was er in dieses Gerät immer wieder hineinsprechen soll: Bestenfalls die Verabredung zum Billard am Abend bedarf eines kurzen Anrufs (aber eigentlich auch nicht):

T1: »Wie immer?«

T2: »Ja.«

T1: »Bis dann.«

Bei Jane hört sich das anders an:

J1: »Sigi, bist duuuuuuuu es? Ich MUSSS dir was erzählen. Also heute hat der Ernst, also das ist der Yoga-Lehrer, du weißt schon, bei dem ich doch … Neeneeneenee … also bei dem ich immer in der … Jetzt hör mir doch mal zu …«

Aus Platzgründen wird hier auf den Gesprächsbeitrag von J2 verzichtet: Selbst das 47-seitige Protokoll der Telefonüberwachung gibt nur ungenügend Auskunft über dieses einzige Gespräch, das nötig ist, um eine Verabredung zwischen zwei Frauen hinzubekommen. Es geschehen doch auch gar nicht permanent Dinge, die wildes Herumtelefonieren nötig machen. Sollte wirklich mal etwas Unvorhergesehenes passieren, worüber auf der Stelle die Männergruppe informiert werden muss, gibt's eh keinen Empfang. Außerdem ist ein geselliger Männerabend mit Auftaupizza, Ravioli und rohen Eiern viel netter als das Verschicken einer Sammel-SMS, die an fünf Freunde gleichzeitig geht und zu der Jane dir rät: weil sie eben die Alternative fürchtet. Schließlich versammeln sich echte Männer bei ihrem Treffen rituell um den Bierkasten, sehen zu, wie die Mitmänner mit den Zähnen Bierflaschen öffnen, lauschen dem Knacken der Kronkorken und dem Zippen der Zippos sowie den spannend erzählten Geschichten: Besonders andächtig lauschen die Jungs an der Stelle, wo du der jungen, blonden Polizeimeisterin erklärt hast, dass du nicht blasen wolltest, sie aber gerne bei dir könne. Und wie dann der hässliche große Kollege aus dem VW-Bus ausstieg, in den du dann einsteigen durftest. Sicher hättest du auch 'ne SMS schreiben können, deine Kumpels hätten sie immer und immer wieder lesen können. Doch damit hätte die Geschichte deutlich an Charme verloren.

Technik, die ein Mann nicht braucht

Zu Tarzans gesellschaftlichem Tod könnte führen, dass es immer mehr Geräte und technische Hilfsmittel gibt, die das Leben für wahre Männer immer unsinniger machen. Eines der ersten, die einem echte Denkarbeit abgenommen haben, war: nein, falsch, nicht der Taschenrechner. Denn die mathematischen Operationen in der Volksschule – von Lehrerinnen aufgegeben! – hätten die meisten auch allein mit ihren Fingern und Zehen hinbekommen (vorausgesetzt, sie waren fantasievoll genug, sich ihre Finger als Bauarbeiter und ihre Zehen als zu grabende Gruben vorzustellen). Vielmehr handelt es sich um den Funkwecker. Damit war END-LICH diese fruchtlose Frauendiskussion beendet, ob die Sonne bei der Umstellung zur Sommer- respektive Winterzeit nun früher aufgeht, ob sie weniger irre wichtigen Schönheitsschlaf bekommt, ob es früher hell oder später dunkel wird und vor allem, warum denn diese Zeiten überhaupt eingeführt worden sind. Mit einem Blick lässt sich die aktuell gültige Zeit eindeutig ablesen.

Bestenfalls von Jane unterdrückte Weicheier in hellblauen Frottee-Schlafanzügen stehen in der Nacht der Zeitumstellung um zwei (oder doch erst um drei?) Uhr auf, werfen einen Blick auf den Wecker, rufen die im gemeinsamen Bett schlafende Freundin auf dem Handy an und fragen, ob sich auf dem Radiowecker die Anzeige genauso toll weitergedreht hat, wie der Zeiger der Funkuhr in der Küche gewandert ist.

Tarzan dagegen schaute schlicht auf den Mond oder die Sonne. War es bewölkt, musste er sowieso nicht ganz genau wissen, wie spät es eigentlich war. Denn an solchen Tagen lag Tarzan im Bett und hielt seine Jane warm. Und überhaupt. Hätte Tarzan gesagt: »Stell dir vor Jane, um 17.34 Uhr kam dieser Tiger aus dem Gebüsch und ich … es war jetzt schon 17.35 Uhr … spring ihn an, dann … es war genau 17.40 Uhr … heb ich die linke Hand …«? Sicher nicht. Warum auch? Selbst die Zeit richtet sich nach Tarzan. Ist er müde, schläft er, hat er Hunger, isst er. Frauen jedoch, vermutlich vom immer währenden Wunsch nach einem sabbernden Kleinkind und dem damit verbundenen Wissen um die fruchtbaren Sekunden dazu verdammt, gucken ständig auf die Digitaluhr.

Genauso wenig, wie demzufolge Tarzan eine Uhr braucht, muss er ständig hören, wo er ist. Das weiß er doch sowieso. Deshalb will er auch keinen GPS-Empfänger am Gürtel, im Handy oder gar am Handgelenk. Schon gar nicht beim Joggen im Stadtpark. Das ist vielleicht etwas für Weicheier, doch die müssen darauf achten, dass der Empfänger keine Störungen beim gleichzeitigen Tragen des Herzfrequenz-Messers erzeugt. Auch den haben diese Typen bestimmt von ihren Frauen bekommen (bei Tchibo gekauft, auf Empfehlung der Nachbarin aus dem zweiten Stock). Das einzige Messer, das Tarzan hat, macht er sich aus eigens und persönlich abgebautem Erz selbst. Das bindet er sich dann aber nicht um die Brust; und schon gar nicht lässt er sich vorschreiben, wie viele Schritte er machen darf, bevor ihn der Herztod ereilt oder irreparable Schäden an der Lunge eintreten, von denen er im Urwald eh noch nie nicht gehört hat.

Folge nicht der sexy Stimme

Kein Wunder, dass Pseudo-Mann Bohlen einfach der sexy Stimme des Navigationsgeräts in seinem Auto folgt und sich damit gleich selbst disqualifiziert. Das verkündete er dann auch noch auf riesigen Plakaten. Lachhaft. Der Mann findet offenbar nicht einmal nach Hause, wenn er nicht ein entsprechendes Gerät besitzt. Wie sollte denn das aussehen? Bohlen sagt: »Ich Dieter, du Naddel.« Und stottert weiter: »Wir können zu mir ... äähh ... gehen. Ich weiß aber nicht genau, ...wo's längsgeht.« Supi. Naddel weiß das sowieso nicht. Was also tun? Weiter durch den Urwald schusseln, den Wald vor lauter Bäumen übersehen und hoffen, dass irgendwann das rettende Baumhaus auftaucht? Hier an genau dieser Stelle eine neue Kolonie gründen? Mitten in der lauschigen Bar? Nein.

Das Gute an Tarzan: Er kommt zurecht. Tarzan kann mit nur einem Streichholz ein Feuer entzünden, kann am Himmel ablesen, um wie viel Uhr er das tut, und zaubert im Zweifelsfall Jane auch noch um Mitternacht eine leckere, nahrhafte Flechtensuppe. Tarzan ist deshalb nicht einmal in Patagoniens Weiten auf den GPS-Empfänger angewiesen: Nordost ist, wo das Moos an den Bäumen klebt, Süden, wo die Sonne kräftig runterbrutzelt. Der Große Wagen fährt des Nachts in die richtige Richtung. Dazu gibt es ergänzend noch zwei weitere Richtungen: die, in der routinemäßig Beute vermutet wird, und die, in der Jane das Holz am Brennen hält, und liebevoll auf ihren Gatten und die Beute wartet. Nur verzweifelte, komplexbeladene Tarzankopien bemühen sich, diese feinen Künste ihres heimlichen Idols möglichst einfach in ihr zivilisiertes Stadtleben zu übertragen. Sie benutzen Elektrofeuerzeuge, um Jane die Zigarette anzuzünden, gucken auf die großen Schilder an den Autobahnen, wenn sie nicht weiterwissen, und tragen an ihrem auf alt gemachten Ledergürtel allerlei Täschchen, in denen sich die kleinen Potenzmittelchen verbergen, die sie Tarzan nahe bringen sollen. Das Multi-Tool oder den in der Großstadt immer wichtigen Kompass. Tarzan würde solche Geräte niemals inmitten von Beton und Asphalt verwenden.

Patagonien allerdings ist ein guter Platz, um das Multi-Tool aus der Gürteltasche zu nehmen. Es besteht keine Gefahr, im Notfall das gleich daneben hängende Handy in der Hand zu halten, wenn dir der südamerikanische Brüll-Tiger zu nahe kommt, denn schließlich tragen nur noch Hausmeister Handygürteltaschen, und zwar direkt neben dem Riesenschlüsselkuddelmuddel am Hosenbund. Diese Typen fahren auch seit 1963 nach Rimini, um dort ein bisschen nach dem Rechten zu sehen und vielleicht ein paar Schrauben nachzuziehen, die seit dem letzten Sommer locker geworden sind.

Echte Kerle brauchen in der Stadt kein Multi-Tool. In Patagonien dagegen kann Tarzan nur mit diesem schicken Werkzeug und dessen klappbaren Kreuz-Schlitz-Schraubendreher aus verchromten Vanadium-Nickel den Vergaser seines Toyota-Geländewagen reinigen, wenn dieser mal nicht mehr will. (Tausendmal zu Hause erst am Moped, dann an Vaters Benz geübt und trainiert – am Ende mit verbundenen Augen. Da staunt Jane in Patagonien, statt sich zu fürchten.) Weil er schon dabei ist, macht Tarzan gleich die große Inspektion: Voraussetzung ist natürlich, dass sein Multi-Tool einen Zündkerzen-Adapter oder einen Vierer-Imbus hat.

Sollte es sich anbieten, während du in der Ferne unterwegs bist, kannst du mit dem Gerät sogar einfach das Lama umhauen, das dich gerade angespuckt hat. Das anschließende Häuten ist ja schnell gemacht und der prima Winter-Bikini »Alpaka« dann fix für Jane zusammengeschustert. Und denke daran: Das Multi-Tool dient nicht dazu, zu Hause an deiner Hornbrille die Schrauben nachzuziehen. Dafür gibt's Optiker oder Feinwerkzeug. Das klappbares Multi-Tool gehört einfach nur nach Patagonien. Dort ist es ein Tarzan-Tool, sogar für die Jagd, in Wanne-Eickel ein peinliches Potenzding zum Bierflaschenöffnen. (Dafür nimmt Tarzan … richtig: die Zähne! Profi-Tarzans schaffen es auch mit einem Blatt Papier.)

Frauen kennen die Anziehungskraft, die solche feinen Werkzeuge auf Männer und Jungs ausübt. Um nun ihren langweiligen Ehemännern ein wenig von Tarzans wildem Heldenmut und Tatendrang anzuhängen, schenken sie ihren Männes gerne die vermeintlichen Männermacher. Doch Achtung: Wenn Weibchen dir einen Leatherman zu Weihnachten unter das nicht einmal selbst gefällte Tannenbäumchen legt, bedeutet das: Du sollst dich bereits in der mitteleuropäischen Metropole oder dessen Umland (Was anderes gibt's in Deutschland ja kaum: Entweder lebst du in der Stadt oder am Autobahnzubringer. Oder im neuen Osten. Aber da kommst du mit einem Multi-Tool auch nicht weiter. Jedenfalls ist hier nicht wirklich nicht Patagonien) so dermaßen supermännlich fühlen, dass du gar nicht mehr den Drang verspürst, mit einigen Mitmännern mal richtig auf die Pauke zu hauen. Etwa am Polarkreis. Du hast ja deinen Leathermann, mit dem du im Stadtpark ihre Initialen in eine arme unschuldige Eiche ritzen kannst. Und arbeitest ja eh schon als superharter Fahrradkurier. Sagt Jane. Bbooaarrhhh. Lass dir das gar nicht erst einreden. Ein Mann wirst du nicht durch das Tragen des Multi-Tools in der braunen Ledertasche am Gürtel. Erst wenn du in Patagonien mitten in der Nacht den Geländewagen repariert hast, dann …

Ansonsten reicht Tarzan auch für Patagonien eine gute Karte und ein bisschen Pfadfinder-Basiswissen. Wer mit ein paar Hölzern Feuer machen kann und sein Messer beherrscht, erlegt für Jane sogar lecker-nahrhafte Hirschkäfer. In Patagonien ist deine Daunenjacke genauso gut aufgehoben wie der Benzinkocher, der in 8000 Meter Höhe einen Liter Wasser bei dem Sauerstoffgehalt immer noch in zwölf Minuten zum Kochen bringt. Doch nur wenige trauen sich ja tatsächlich in die Weiten des Westens. Vielmehr tragen auch hier unendlich viele Männer Daunenjacken, hegen ihre Benzinkocher und wetzen die Messer, ohne je auch nur einen Schritt außerhalb der scharf bewachten Umrandung ihres Club-Dorfes getan zu haben. Der Urlaub war ja auch teuer genug. So mit »all inclusive« und so. Es soll sogar ein paar Frauen geben, die sich auch im klimatisierten Hotelzimmer mit den wirklich wichtigen Vorteilen des Everest-Kochers ins Bett drängen lassen. Das sind aber nicht mal Janes.

Warum solltest du also eine Daunenjacke besitzen? In unseren mitteleuropäischen Breiten ist dieses Bekleidungsstück bestenfalls in Skandinavien angemessen, wenn du mit deinem Volvo Eis brichst. Aber warum solltest du das tun? Mit einem Volvo??? Hätte Tarzan sich schon mal das Bisonfell umgehängt, weil er von durchreisenden Gorillas gehört hat, dass es am Südpol eiskalt ist? Hätte er den Benzinkocher gewollt, damit er – natürlich nur wenn er wollte! – auf dem Everest ’ne Tütensuppe kochen kann? Nein. Lässt du dir von geschickt geschulten Marketing-Strateginnen, die dir kommunikativ einfach überlegen sind, weil sie 5000 Jahre den Lehrgang »Reden am Feuer« hinter sich haben, bonbonbunte Daunenjacken aufschwatzen? Jedes Jahr eine neue? Für diesen einen Tag im Jahr, an dem es so kalt ist, dass du ohnehin im Bett besser aufgehoben bist? Na siehste. Du nicht. Du bist Tarzan.

Mit der Technik versöhnt

Doch es gibt durchaus technische Entwicklungen, die Tarzan sich auch hierzulande zunutze macht: Wireless Local Area Network zum Beispiel. Oder Welan, wie der gemeine Saturn-Verkäufer zu sagen pflegt. Mit einem Welan-Laptop kann Tarzan zum Beispiel auf dem Sofa sitzen, das Fußballspiel angucken und gleichzeitig eine Mail schreiben, die er direkt an seine eigene Telefonnummer schickt. Ist das Telefon dann auch mal frei (Jane nutzt ja die Gelegenheit nicht etwa, um in aller Ruhe mal die Club-T-Shirts zu bügeln, sondern palavert mit ihrer Freundin!), liest ihr die sagenhafte Computerstimme (männlich, herb) vor: »Hol. Mir. Bier.« Jane muss also nicht extra in das Wohnzimmer gehen, sondern bekommt quasi persönlich die freundliche Bitte um Unterstützung der eigenen Elf vorgesprochen. Das ist toll. Das ist Tarzan-Technik.

Oder der gesplittete Bildschirm, auf dessen einem Teil der Home-Order-Kanal läuft, der dir die wundervolle CD-Collection *The Greatest Western Hits* – Yeeaaahhh! Babe! – anpreist, während auf der anderen Hälfte die Cheerleader vom Super-Bowl Arme und Beine und was so dazwischen hängt in die Luft und irgendwie auch in deine Richtung werfen. Oder wo Jane *Casablanca* gucken kann und Tarzan parallell *Barb Wire*. Solcherlei Technik findet im Übrigen auch Jane toll. Zwar würde sie nie zugeben, dass sie den Flat-Bildschirm (72 Zentimeter sichtbar! 160 Grad Blickwinkel. Jaaa!) gern hätte, geschweige denn 4000 Euro – preisgünstiger kriegt man den nie – dafür auf den Tisch legen wollte. Oder dass sie nicht versteht, warum es der Festplatten-DVD-Player sein muss. Aber schließlich bietet sich ihr kaum die Möglichkeit, in Robert Redfords Nasenloch zu schauen, wenn es im gemeinsamen Haushalt nicht die tolle Lupenfunktion auf dem von dir gekauften, eingebauten und installierten DVD-Player gäbe. Also.

Wenn sie dich also auslacht, weil du die *c't* liest, oder sich darüber lustig macht, dass du in deinem Hobbyraum wieder einmal daran arbeitest, die Welt doch noch mit dem Perpetuum mobile zu beglücken, oder wenn du im Kaufhaus vor dem Beamer stehst und sie mault: Verweise sie auf ihren Platz in der Küche. Sie freut sich doch sonst so über die Wannsinns-Cappuccino-Maschine, die diesen wunderschönen sahnigen Kaffee braut, den bislang nur Alfa-fahrende, schwarzhaarige Italiener mit ihrem *Corriere della Sera* unterm Arm servieren konnten (und wegen denen wir dieses Teufelsgerät erfunden haben). Oder über das festgedübelte Gewürzregal. Oder über die Waschmaschine mit Fuzzy-Logic.

Die ultimative Geleichung

Da stelle sich doch die Frage: Wo wäre die Menschheit, wenn wir Männer nicht ständig weiterkommen wollten? Hätte es je das Haarshampoo mit dreifachem Proteinschutz gegeben? Oder den Fön mit den verschiedenen Hitzestufen? Nein. Den Rührstab? Niemals, nein. Zugegeben – das schnurlose Telefon war ein Irrtum. Jetzt weiß Jane nicht mehr, was sie mit ihrer nicht das Telefon haltenden Hand tun soll, da sie nicht mehr permanent das Kabel um den Finger der freien Hand wickeln kann.

Dennoch: Die Tarzan-Formel »Feuerstein-Dolch = mehr Beute. Mehr Beute = mehr Zeit für Jane und Fußball« haben wir ausgebaut und perfektioniert. Es ist die ultimative Gleichung des ewige brutalen Wettkampfs in der Natur. Nur wer überlegen ist, bekommt am Ende Jane. Sie – ganz Prinzessin im Elfenbeinturm, weit weg von allen Säbelzahntiger-Schlachten und Gorilla-Prügeleien – hat diesen brutalen Kampf auf Blumen- und Gewürzsträußchen reduziert, versteht also nicht sein ganzes Ausmaß. Doch er tobt.

Tarzans Tipps

Tarzan erklärt Jane die Technik nicht, wirklich nicht. Tarzan beherrscht sie.

Tarzan überlebt im Großstadtdschungel ohne Handy und Navi-Gerät.

Tarzan macht mit einem einzigen Streichholz ein schönes, knisterndes Feuerchen.

Die Sonne sagt Tarzan, wie spät es ist.

Letzte Worte und der ultimative Tarzan-Test

Schön, dass auch du nun beginnst, dein Leben umzukrempeln, und Tarzans ewig richtigen Regeln folgen wirst. Schön, dass auch du erkannt hast, dass ein ständiger Frisurenwechsel auf dem Spielfeld deiner Elf so wenig Tore bringt wie Beckham ein glückliches Eheleben. Schön, dass du dich traust, deine alten Videos wieder rauszukramen (ja genau *die* Kassetten) und sie direkt neben der Dampfmaschine aufzubauen.

Doch um endgültig wie Tarzan zu werden und vor allem zu einer Jane zu gelangen, die deiner würdig ist, musst du einen langen und harten, dornigen und entbehrungsreichen Weg gehen. Er hängt voller Lianen, die dir trügerische Sicherheit vorgaukeln, aber dünn sind und dich direkt in Sabors Magen führen. Und je weiter du bisher mit deinem Leben vom rechten Pfad der Tarzan-Tugend abgewichen bist, desto schwerer wird die Rückkehr fallen. Bist du etwa ein übergewichtiger, blässlicher Computerfreak, der zwar alle Songs von Johnny Cash auf seiner Festplatte vereint hat, aber nur, weil es die damals in der Tauschbörse eben gab, und weniger, weil du die tief verwurzelte Männlichkeit in dieser Musik spürst? Dann hast du einen echt langen Weg vor dir. Bist du ein Freak, der dieses Buch nicht aus den Händen einer zarten Buchhändlerin entgegengenommen, sondern es irgendwo in den unendlichen Weiten des Internets als Datei zum Runterladen gefunden hat, weil in der einfach auch das Wort »Sex« vorkommt? Dann wirst du auch noch viel lernen müssen.

Hast du dagegen die ersten schweren Schritte schon gemacht und fährst, sagen wir, seit zehn Jahren einen echt brunftigen Manta, der dir auf deinem täglichen Weg zur Maloche von Recklinghausen zurück ins schöne Castrop-Rauxel gute Dienste leistet, dessen Beifahrinnensitz aber immer noch und völlig unerklärlich frei ist, liegt es vielleicht an deinem Job als Metzger. Oder du räumst einfach mal die Dosen aus dem Fußraum auf die Rückbank. Trägst du vielleicht den Kampfnamen »Bierchen«, der schon so schön brutal und ungebändigt klingt? Das reicht, ehrlich. Lernst du dann eine Frau kennen, deren Name nicht Jane ist, lies ihr die Kapitel dieses Buches einzeln vor, langsam, laut und deutlich. Lass dich nicht davon ablenken, wenn sie bereits erste vorsichtige Schritte in Richtung Jane's Way macht, zum Beispiel wenn sie nebenbei und unaufgefordert zu putzen beginnt. Vielleicht sogar schon nackt. Sie wird noch mehr für Tarzan tun!

Bist du vielleicht der Flensburger Meister im Freestyle-Lianenschwingen, kannst alle Johnny-Cash-Songs am Lagerfeuer zu selbst gezupfter Gitarrenbegleitung singen und hast soooolche Schultern, dafür aber kein Gramm Fett auf den Rippen, wirst aber noch von allen geschnitten? Dann würde ich das Rasierwasser wechseln.

Bist du dir ganz allgemein noch unsicher, wo du stehst, und tigerst am Schaufenster des Lebens auf und ab, ohne den wirklich fetten Brocken je nahe zu kommen, dann bist du ein armes Würstchen, dem aber auch geholfen wird. Aber du musst lernen wollen. Zum Beispiel dass *Lara Croft* eine Fantasiefigur ist. Genau wie *Seven of Nine*. Ehrlich. Ganz wirklich. Oder dass nur sehr wenige Frauen von deinem Computer beeindruckt sind und Pizza »mit allem« vom Lieferservice und lauwarme Cola nicht unbedingt als Erotik-Menü gilt.

Dafür stehen auf der Haben-Seite auch erhellende, erleichternde Erlebnisse bereit: Du wirst erkennen, dass Johnny Cash in seiner Musik Lebenshilfe für alle denkbaren Situationen verborgen hat. Du musst seiner Stimme nur oft und intensiv genug lauschen. Oder dass das Nicht-Tarzan-Leben immer verläuft wie auf dem grünen Tisch: Meistens gibt's direkt was auf die Glatze und manchmal kommt der Stoß sogar noch über Bande. Auf jeden Fall werden die Weicheier früher oder später in das tiefe, geheimnisvolle, schwarze Loch geschubst, aus dem es meistens nur einen Weg zurück ans Licht gibt: Ein Tarzan wie du wirft Geld ein oder bucht noch 'ne Stunde.

Eine weitere bewiesene Tarzan-Tatsache lautet: Eine Stunde schweigend dem Lauf der Kugeln zusehen (okay, das Öffnen von Bierflaschen und gelegentlich mit einem Schnippen dem Mann am Queue Respekt zu zollen ist schon inklusive) ist allemal meditativer als sechs Stunden Yoga bei diesem duften, erleuchteten Ethno-Lehrer.

Doch nach einem langen Lernweg wird die Belohnung am Schluss groß und süß sein: Du wirst eine echte Frau (»Jane«) kennen und lieben lernen. In real life! Und sie wird es genießen.

Das allerwichtigste ist dabei, Tarzans absolute Grundregel zu verinnerlichen und nach außen sicher visualisiert zu vermitteln: »Ich Tarzan, du Jane.« Du verinnerlichst diesen eminent wichtigen Satz am besten, indem du ihn intensiv und oft denkst. Das wird ankommen wie der Zen-Pfeil eines Buddhisten, der sein Ziel bereits erreicht hat, bevor er von der Sehne geschnellt ist. Jane will nämlich wissen, dass du Tarzan bist, bevor du ein Wort an sie richtest. Deshalb gehört dieser Satz ab sofort zu dir wie in deine DVD-Sammlung *Blade Runner,* wie der Alfa in deine Garage und wie die Tupperparty zu einer Frau.

Der nächste Schritt ist die souveräne Ausführung der dazugehörenden Hand-Arm-Bewegung. Und so geht's tarzanmäßig: Du stellst dich etwa auf Armeslänge ihr gegenüber. Sie weiß schon: Jetzt kommt die Szene, auf die sie seit Jahren sehnlichst gewartet hat. Mit der halb geöffneten Faust, Daumen zu dir, schlägst du dir also markant, aber nicht zu stark etwa in Höhe des Solarplexus selbst auf die Brust. (Warum nicht zu stark? Das wirst du merken, wenn du es falsch machst. In diesem Fall musst du über den weiteren Verlauf des Abends nicht mehr nachdenken.) Der Ellbogen steht knapp über der rechten Hüfte, ist aber ganz unverkrampft. Jetzt sagst du deutlich, nicht zu laut und mit tiefer, männlicher Stimme: »Ich Tarzan!« Das harmoniert sehr schön mit dem dumpfen aus deiner kräftigen Brust tönenden »Pfoff«, das deinen Schlag begleitet und geradezu in die Frau hineinvibriert wie ein Aphrodisiakum. Schon jetzt beginnen alle BH-Verschlüsse in der Umgebung zu knirschen.

Strecke nun deinen Arm gerade in Richtung auf deine Traum-Jane. Wichtig: Hast du den Abstand zu klein eingeschätzt und kannst den Arm nicht strecken, stehst du da wie der Depp. Die Frau gegenüber wird höhnisch grinsen und dich vielleicht als Beckham beschimpfen oder dir einen Putzlappen in die Hand drücken. Hast du den Abstand viel zu weit eingeschätzt, so dass du deinen Arm strecken und strecken und strecken musst, aber deine Hand nicht einmal in die Nähe deiner Traumbrust gelangt, ist sie einfach zu weit weg. Vielleicht hat sie dich deshalb gar nicht verstanden, sondern hält dich für einen weiteren Spinner im Park, der Schattenboxen macht. In diesem Fall solltest du auch genau das vortäuschen und unauffällig das Weite suchen. Schattenboxend. Stehst du aber richtig, ist sie also genau eine Armeslänge von dir entfernt, atmet sie bereits schwer beeindruckt deinen herben Geruch ein.

Ganz wichtig: die Faust nicht schließen. Das wirkt aggressiv und solltest du dir für ihren bisherigen Freund aufsparen. Leicht geöffnet dagegen zeigst du, wie sensibel du deine machtvolle Kraft einzusetzen weißt. Wenn du nun Jane berührst (bloß nicht mit den harten Knöcheln, nur mit der weichen, behaarten Fläche der unteren Fingerglieder), hauchst du laut und deutlich den zweiten Teil des Ursatzes »... du Jane«. Dein Blick senkt sich dabei ganz tief in ihre Augen. Sie kann in deinen dunklen Pupillen die ganze Tiefe deiner Seele erkennen und alle Schlachten, die du schon geschlagen und vor allem gewonnen hast.

Warst du jetzt zu gut, fällt sie schlicht seufzend um. Meistens reißt sich Jane aber einfach nur die Kleider vom Leib, dem du dich dann in Ruhe widmen kannst. Schlägt sie zurück und lässt dich blutend in der Gosse liegen, solltest du versuchen, dich zu erinnern, ob ihre Fäuste aus den großen Taschen einer lila Latzhose kamen. Schärfe dann deine Sinne etwas, bevor du den nächsten Versuch unternimmst, Jane glücklich zu machen. Vielleicht solltest du doch die Brille aufsetzen. Ist ja keine Schande. Alle anderen stimmen das wirklich schwierig zu lernende Siegesgeheul an: »BbbbOooooahahahahahahahahaaaaaaaaaaaaaaaaaaaaaaaaaaaaaaaaaa ...«

Der ultimative Tarzan-Test

Bist du wirklich schon bereit, dir statt *Sex and the City* lieber *Barb Wire* anzusehen? Wirst du das auch stolz deiner Noch-Frau/Freundin sagen? Persönlich, nicht per SMS? Du ziehst ab jetzt ein rohes Ei dem Candlelight-Dinner immer vor? Kannst du aus tiefster Lunge brüllen? Bevor du dich jetzt vorschnell in die großartige und Erfolg versprechende »Bruderschaft des Tarzans« einreihst und den Versuch startest, irgendeine Frau zu einer wahrhaften Jane zu machen, prüfe dich selbst kritisch. Wenn du noch unsicher bist, hilft dir dabei sicher der kurze, psychologisch ausgebuffte Selbsttest.

1. Ich kenne alle bisher genannten Filme und Bücher und habe sie gesehen und gelesen.

(10 Punkte)

2. Homer Simpson kenne ich: Er ist der Regisseur von *Troja.*

(5 Punkte)

3. Ich habe alle Rosamunde-Pilcher-Filme gesehen. Tolle Frau – super Stil.

(0 Punkte)

4. Ich habe dieses Buch gelesen, weil meine Freundin es mir hingelegt hat. Bevor sie sich die Lockenwickler reingedreht hat.

(5 Punkte)

5. Ich hab dieses Buch durchgeblättert, um zu gucken, ob es mir noch was Neues geben konnte. Konnte es nicht.

(10 Punkte)

6. Ich habe dieses Buch gekauft, weil ich ENDLICH wissen will, wem ich nach meinem Rauswurf aus dem Dieter-Bohlen-Fanclub folgen kann.

(0 Punkte)

7. Ich verkaufe jetzt meinen Manta und tu alles, um noch so einen bunten Polo zu kriegen.

(5 Punkte)

8. Ich verkaufe meinen Golf, um endlich einen Alfa zu kaufen. Bar. Nach langen und zähen Verhandlungsrunden in dieser

Pizzeria in Palermo. Bei dem Wirt mit der Sonnenbrille. Der sagt, ich solle mich an den dunkelbraunen Flecken auf dem Beifahrersitz nicht stören, dafür gibt er mir den Wagen ja nun auch ein bisschen preiswerter. Mit Diebstahlschutz-Garantie.

(10 Punkte)

9. Jane sagt, das Kapitel über Autos muss ich nicht lesen.

(0 Punkte)

10. Kreuze den für dich zutreffenden Satz an (EHRLICH!):

a. Ich habe nie im Leben einen Pornofilm gesehen. Nicht einmal bei der Bundeswehr.

(0 Punkte)

b. Ich werde nie im Leben einen Pornofilm sehen. Wenn doch, gehe ich sofort beichten. Erst bei Pfarrer Braun, dann bei Jane.

(–5 Punkte)

c. Einen???

(10 Punkte)

11. Bei dem folgenden Satz kommt es auf deine (ehrliche) spontane Reaktion an. Für Lachen, Schmunzeln, Grienen gibt's null Punkte, für ein »Ich würde es nie tun, aber ich kenn wen, der es tut« zwei Punkte, für »Und was soll daran so besonders sein?« zehn Punkte.

Sage jetzt laut und deutlich: »Ich pinkle im Sitzen.«

Punktezahl eintragen: _____

Vervollständige nun folgenden Satz, ohne zurückzublättern: »Tarzan pinkelt im Stehen, weil …«

Für die richtige Antwort »… er es kann« gibt's zehn Punkte, für alles andere: nichts.

12. Mein Schneider heißt Luigi und hat mir schon so viel Bier ausgeschenkt, dass er fast pleite ist. Er ist auch mein Verbindungsmann, wenn mal was mit dem Alfa ist.

(10 Punkte)

13. Jane und ihre Mutter suchen mir immer recht moderne Sachen aus dem Katalog aus.

(0 Punkte)

14. Neulich sah ich eine Boutique, in die wäre ich gerne mal gegangen. Vielleicht nächsten Monat.

(2 Punkte)

15. Hamam? Krasses Abo!

(10 Punkte)

16. Meine Mutter sagt, ihre Frisur steht mir gut. Das ist jetzt modern.

(0 Punkte)

17. Klar kauf ich mir meine Kosmetika selbst. Alles!

(3 Punkte)

Auswertung

Ab 50 Punkte

Du bist auf dem besten Weg, Tarzan zu werden. Es kann allerdings nur einen geben, und der bin ich. Aber wenn ich dereinst abtrete, könntest du gute Chancen haben, auf meinen Cheffe-Posten vorzutreten – wenn du deine tarzaneske Linie bis dahin weiter beibehältst. Lies das Buch zur Sicherheit noch einmal, arbeite die Inhalte durch, überprüfe stets dein Verhalten und frag bloß nicht Jane, ob du schon ziemlich tarzanmäßig bist.

7 bis 49 Punkte

Okay, »Ansätze sind zu sehen«, stand früher in meinem Zeugnis, »Er bemüht sich redlich« und »Versetzung gefährdet«. Klar. Das bedeutet, dass du noch jede Menge Potenzial hast. Oder nur im Geiste mit der Liane auf dem Weg zur Kampfarena bist, um Sabor zu treffen. Noch sagst du Jane Bescheid, wenn du mal eben eine Runde Billard spielen gehst. Oder noch schlimmer, du fragst, ob du auf dem Rückweg Spinat mitbringen solltest, weil's ja eh nicht später werden wird als 20 Uhr. Noch hast du eine Jahreskarte für das Fitnessstudio und *The Good, the Bad and the Ugly* hältst du für ein Andrew-Lloyd-Webber-Musical. Eieieieie. Lies das Buch noch MINDESTENS dreimal, markiere mit einem Leuchtstift vorsichts- und der Einfachheit halber alle Passagen, schmeiß deinen Trockenrasierer weg, melde dich beim Japaner um die Ecke für Kendo an und schrei es raus: »Ja! Ich will so sein wie TARZAN! Bboooaaaahhhh!!!«

Vielleicht schaffst du es ja sogar.

0 bis 6 Punkte

Du hast dir wirklich großen Respekt verdient: Du hast ehrlich festgestellt, dass du auch nach der intensiven Lektüre dieses Buches sowie verzweifelter und ernsthafter Versuche, so zu sein wie Tarzan, immer noch ein labberiges 1,2-Minuten-Weichei bist. Mach dir nichts daraus. Dann wird dein Beitrag zur großen Gemeinschaftsleistung der Männer sein, dass du einem anderen die für dich bestimmte wunderschöne, tolle, wohlgeformte, willige, lüsterne ... Jane überlässt. Dafür gebührt dir Respekt. Ganz großer Respekt. Danke, Mann.

Meike Rensch-Bergner

Das Uschi-Prinzip

Wie Frauen bekommen, was sie wollen

Uschis gelingt es scheinbar mühelos, die Männer nach ihrer Pfeife tanzen zu lassen. Uschis wissen, was Männer wollen – und was sie selber wollen. Uschis machen es sich leicht und haben Erfolg damit. Kurz: Keine intelligente Frau würde sich so verhalten, wie eine Uschi es tut. Und genau das ist ein Fehler.
Meike Rensch-Bergner hatte irgendwann das Single-Dasein satt und keine Lust mehr, die Getränkekästen selbst zu schleppen. Deshalb beschloss sie: Ich will es lernen. Ich will glamourös und glücklich sein – ich werde eine Uschi! Und so schildert sie in diesem wunderbaren Buch ungeschminkt, Episode für Episode, wie das geht – und wie sie als strahlende Uschi ihrem Leben eine überraschende Wende gab.

Knaur Taschenbuch Verlag

Die wunderbare Welt weiblicher Macken –
humorvoll und selbstironisch auf den Punkt gebracht

Karin Pittermann, Simone Falk

Unbeschreiblich weiblich

oder: Warum Frauen ohne Handtasche
an Phantomschmerzen leiden

Sündhaft teure Kosmetik, aberwitzige Frisurenexperimente, Toilettengänge im Doppel. Und nicht zu vergessen: der ewige Kampf mit der Figur – zwischen Dauer-Diäten, Frustfressen und dem Stochern auf fremden Tellern. Frauen sind rätselhafte Wesen, das wissen sie selbst nur zu gut.

Auf humorvoll-ironische Weise widmen sich Simone Falk und Karin Pittermann den seltsamen Ritualen der Frauen. Sie klären auf, wo Aufklärungsbedarf besteht, und machen Mut, die vermeintliche Mackenplage als das zu nehmen, was sie ist: wunderbar weiblich.

Knaur Taschenbuch Verlag

Verspätungen, Stehplätze und andere Entgleisungen

Claus-Peter Hutter,
Traugott Markert, Lutz Ribbe

Das Bahnhasserbuch

Das Leben in vollen Zügen genießen

Wir alle lieben die Bahn. Die Frage ist bloß: Warum liebt die Bahn uns nicht? Wie kann sie es zulassen, dass täglich Hunderttausende den Anschluss verpassen, weil ihr Zug mal wieder Verspätung hat? Wer hat Züge erfunden, die in der Mitte geteilt sind, so dass man nicht von einem Ende des Zuges (in das man kurz vor Abfahrt noch hineingehechtet ist) ans andere gehen kann (wo der reservierte Sitzplatz von einer tobenden Schülerhorde belagert wird)? Und warum muss man seine Fahrkarte ein halbes Jahr vorher kaufen, wenn die Bahn noch nicht mal weiß, ob der Zug dann auch fährt?

Die unglaubliche Geschichte einer gescheiterten Beziehung in amüsanten und bösen Fallbeschreibungen.

Knaur Taschenbuch Verlag